Michael Barth
Geist

MICHAEL BARTH
GEIST

Das Werk, einschließlich seiner Teile, ist urheberrechtlich geschützt. Jede Verwertung ist ohne Zustimmung des Verlages und des Autors unzulässig. Dies gilt insbesondere für die elektronische oder sonstige Vervielfältigung, Übersetzung, Verbreitung und öffentliche Zugänglichmachung.

Die Deutsche Nationalbibliothek verzeichnet diese Publikation in der Deutschen Nationalbibliografie; detaillierte bibliografische Daten sind im Internet über http://dnb.dnb.de abrufbar.

© 2017 Michael Barth
Alle Rechte vorbehalten.
Vertreten durch: Michael Barth, Gevelsberg
Covergestaltung: by michael-barth-design.de
Lektorat/Buchsatz: Kerstin Barth (mbd)
kontakt@michael-barth-autor.de
Herstellung und Verlag:
BoD – Books on Demand, Norderstedt
ISBN: 978-3743190689

Diesen Roman widme ich

Ute, Veri, Melanie L., Sylvia, Constanze,
Kerstin, Maren, Melanie B., Hans und Matthias.

Ihr wisst warum. Dankeschön.

Die größten Sorgen und die intensivste Furcht bereiten uns nicht die Dinge, welche wir sehen können, sondern solche, die sich unserer beschränkten Wahrnehmung verschließen. Eben jene, denen die Macht innewohnt, unseren Verstand für alle Zeiten in eine nicht enden wollende Schleife des Irrsinns zu verbannen. An einen Ort der Verzweiflung, der Hoffnungslosigkeit und der wahren Natur all unserer Ängste.

                        Michael Barth

Vorwort

Ja, ich weiß wie lästig diese einleitenden Worte in einem Buch mitunter sein können. Auch bin ich mir bewusst, dass sie von einigen gar nicht erst gelesen werden. Darum fasse ich mich an der Stelle kurz.

Es gibt gewisse Textpassagen in der Geschichte, die man besser nicht vor dem Schlafengehen lesen sollte. Da ich selbst die Story hier dutzende Male geträumt habe, möchte ich sensiblen Menschen und denen mit sehr bildhaftem Vorstellungsvermögen wirklich davon abraten, »GEIST« als Gute-Nacht-Lektüre zu gebrauchen.

Natürlich liegt das in Ihrer eigenen Verantwortung, doch sagen Sie anschließend nicht, ich hätte Sie nicht gewarnt: Manche Träume wird man so schnell nicht wieder los.

Ihr Michael Barth

Prolog

Freitag, 22. April 2005

Der alte rostzerfressene VW Polo gab Geräusche von sich, denen man nur noch wenig Vertrauen entgegenzubringen vermochte. Nicht nur der Motor klang besorgniserregend, auch das immer häufiger auftretende Knacken und Knirschen an den vorderen Radaufhängungen bettelte kläglich um einen Werkstattbesuch. Die Roststellen in der einst blauen Karosserie hatte Christian nach und nach mit Aufklebern seiner Lieblingsbands abgedeckt. Glücklicherweise besaß er eine Menge davon. Daniel, Christians bester Freund, hatte sich anfangs geweigert, diese Fahrt zu übernehmen. Sein Führerschein war erst ein paar Tage alt und die nötige Fahrpraxis hielt sich entschieden in Grenzen. Doch Fakt war, dass er kaum etwas getrunken hatte. Sein Kumpel hingegen leerte soeben das sechste Bier und verkündete es mit einem lauten Rülpser.

»Tut mir leid, Alter, war so nicht geplant, wollte mich nur ein bisschen für das Konzert in Stimmung bringen.« Christian hielt es für ein Sakrileg, ohne Alkohol im Blut bei einem Hardrock-Konzert aufzutauchen. »Außerdem ist der Bölkstoff dort viel zu teuer. Da muss man schlichtweg vorglühen«, hatte er Daniel bereits lallend mitgeteilt, als er ihm die Autoschlüssel zuwarf.

»Scheiße Mann, ich bin ebenfalls nicht mehr nüchtern und habe gerade die Fahrerlaubnis bekommen. Du weißt ja: Probezeit und der Unsinn.«

»Ach Quatsch. Du hast zwei Flaschen getrunken, was ist schon dabei? Für andere ist das ein kleines Frühstück, bevor sie malochen gehen. Die Strecke ist ganz easy, mach dir keine Sorgen. Du denkst einfach zu viel.«

Wäre Daniel nicht so versessen aufs Autofahren gewesen, hätte er wahrscheinlich eher die Veranstaltung sausen lassen, als das Risiko einzugehen. Jedoch war die Verlockung zu groß, da er noch keinen eigenen Wagen besaß. Vermutlich würde sich das auch in absehbarer Zeit nicht ändern. Es war für ihn auf Arbeit schwierig genug. Als KFZ-Lackierer umgaben ihn ständig Karossen, mit denen er am liebsten direkt aus der Halle gefahren wäre. Erst in der letzten Woche hatten sie einen Porsche 911 in der Werkstatt. Auf dem Kotflügel befand sich ein winziger Kratzer, der nachlackiert werden sollte. Daniel durfte den Traum in Schwarz nicht einmal vom Hof in die Lackierhalle fahren. Sein Chef zeigte sich diesbezüglich sehr hartnäckig und von der vorsichtigen Seite, was Daniel nicht selten an die Frustrationsgrenze brachte. Zwei Flaschen sind wirklich nicht viel, und wir fahren nur Landstraße, redete er sich in Gedanken die Angelegenheit schön. Schließlich drehte er den Zündschlüssel um.

Das Fahrzeug schien einen schlimmen Husten statt eines funktionierenden Motors zu haben. Ungeachtet dessen gab er dem *Mustang* die Sporen. In seiner Fantasie fuhr er sein knallgelbes, schnelles Traumauto mit dem Pferd auf dem Kühler. Ein Wunsch, den er sich so bald allerdings nicht erfüllen konnte. Der Polo von Christian war zwar kein Ersatz, aber er brachte die beiden trotz der Macken stets problemlos von A nach B. Zumindest hatte er das bisher getan. Daniel gab sich alle Mühe, die Geschwindigkeitsbegrenzungen einzuhalten. Und das fiel ihm nicht leicht. Jedoch in diesem Moment, mit den zwei Flaschen Bier im Blut, wollte er vor allem eines: nicht auffallen. Der Lärm, den der Wagen verursachte, hätte im Grunde schon ausgereicht, um eine Streife am Wegesrand zu einer Kontrolle anzuregen. Auch die zwischenzeitlich sehr dunklen Abgaswolken stellten nicht gerade eine Visitenkarte für Unauffälligkeit dar. Doch nichts dergleichen geschah. Die Polizei war weit und breit nicht zu sehen.

Sie kamen gut voran, obwohl der einsetzende Graupelschauer die Sicht durch die verkratzte Scheibe erheblich verschlechterte.

»Wie gut, dass es kein Open-Air-Konzert ist, sonst würde ich jetzt im Kreis kotzen.« Ein erneuter Rülpser bekräftigte die Aussage.

»Wenn du so weiter säufst, wirst du das so oder so noch tun.« Daniels Tonfall deutete darauf hin, dass es ihn nervte, wie wörtlich sein Freund die Sache mit dem Vorglühen nahm.

»Alter, was ist denn los mit dir? Wirst du spießig?« Christian drehte die Lautstärke des CD-Players einige Stufen höher und feierte seine eigene Party. Er schleuderte den Kopf im Takt der Töne auf und ab, während er mit den Händen das Cockpit malträtierte, als wäre er der Drummer.

Das Rumgehampel ließ die Karosserie erheblich wackeln, was Daniel zusätzlich aufregte. »Mann, jetzt entspann dich mal. Ich muss mich konzentrieren. Zumal ich da draußen kaum was sehe.«

Die erste Antwort von Christian war ein weiterer Rülpser, welcher eine widerliche Knoblauchduftwolke im Inneren des Polos verbreitete. »Der Hagel ist doch geil, klingt wie ein Drumgewitter auf dem Dach. Außerdem sieh dich um, es ist keine Sau auf der Straße, also gib mal richtig Gummi hier.« Er packte Daniels Knie und drückte es herunter.

Tatsächlich trat Daniel deshalb kurz das Gaspedal durch und kam vor Schreck ins Schlingern. »Spinnst du? Willst du uns umbringen, oder was?« Seine Stimme wurde lauter, er klang hysterisch und die zusammengekniffenen Augen zeugten von höchster Anspannung und wachsendem Unmut über das Verhalten seines Freundes.

»Jetzt sei mal nicht so eine Pussy. Meine Fresse, dann halt an und ich fahr weiter.«

»Du bist stockbesoffen!«, giftete Daniel den immer undeutlicher klingenden Kumpel an und schlug gereizt auf das Lenkrad.

»Vielleicht solltest du dir auch noch ein Bier gönnen, damit du wieder locker wirst.« Christian fuchtelte mit der Flasche vor Daniels Gesicht herum, während sie sich einer scharfen Linkskurve näherten. Die Lichter, welche ihnen hinter der Biegung entgegenkamen, nahm keiner der beiden wahr.

»Mensch, hör endlich mit der Scheiße auf und reiß dich zusammen, sonst dreh ich um. Du bekommst doch von dem Konzert eh nix mehr mit, so abgeschossen, wie du jetzt schon bist.«

»Hey Mann, alles cool. Ich bin fit wie ein Turnschuh. Mach hier keinen auf Moralapostel. Fahr einfach. Und wenn möglich, ein bisschen mehr links, wir knallen ja gleich den Abhang hier runter.« Er griff Daniel ins Steuer.

»Heeey, nein. Lass da…«

Im selben Augenblick schoss der SUV mit den eingeschalteten Nebelscheinwerfern auf der gegenüberliegenden Straßenseite um die Kurve. Daniel sah nur noch das Licht auf sich zu rasen und riss das Lenkrad intuitiv nach rechts. Die blendenden Lichtkegel rauschten an ihnen vorbei, während der Polo mit dem Heck ausbrach. Daniel lenkte mit erheblicher Kraftanstrengung dagegen, denn der VW war bereits älter als die Erfindung der Servolenkung. Möglicherweise hatte er einst eine besessen und sie war einfach defekt, wie so vieles andere auch.

»Verdammte Scheiße. Halt an!«, schrie Christian, der den Eindruck machte, schlagartig wieder nüchtern zu sein.

Plötzlich schien sich die Zeit zu verlangsamen. Zumindest wirkte es auf die beiden, als ob der Augenblick gefror und sich alles, was nun folgte, in Zeitlupe abspielte. Das Fahrzeug rutschte erst nach links, dann nach rechts und begann sich schließlich zu drehen. Daniel trat die Bremse fast durch das

Bodenblech und Christian wollte die Handbremse ziehen, doch es war zu spät. Die Farbe wich ihnen aus den entsetzten Gesichtern. Ihre Herzen setzten für ein oder zwei Schläge aus. Zu guter Letzt brach die marode Radaufhängung. Das immer lauter werdende Knacken hatte so etwas bereits vor Wochen angekündigt, Christian hatte die unüberhörbaren Warnungen allerdings ignoriert. Mit einem Male stand der Wagen quer zur Straße und überschlug sich gleich darauf.

Daniels Kopf wurde hart gegen das Seitenfenster geschmettert. Ihm verschwamm alles vor den Augen und ein dumpfer Schmerz übermannte ihn. Sie hörten ihre eigenen Hilfeschreie wie durch einen fernen Trichter, in dem jeder Ton verlangsamt, verzerrt und tiefer gestellt wurde. Die Geräusche von splitterndem Glas und das Ächzen sich verbiegenden Metalls gesellten sich dazu und potenzierten die Todesangst von Fahrer und Beifahrer. Dann schoss der Polo den Abhang hinunter. Er überschlug sich noch dreimal. Dann drehte er sich erneut und prallte zum Schluss mit voller Wucht gegen einen umherliegenden Baumstamm. Einer der dickeren Äste bohrte sich auf der Fahrerseite durch die Windschutzscheibe. Er durchschlug Daniels Körper und drang schließlich tiefrot gefärbt wieder aus dem Kofferraum nach außen.

1

Endlich alle viere von sich strecken zu können, stellte Christians Highlight des Tages dar. Fast zwölf Stunden lang hatte ihn dieser Arbeitstag in Beschlag genommen, um den Zwanzigjährigen schlussendlich als vollständig erschöpftes Wrack ins Wochenende zu entlassen. Die aktuelle Baustelle forderte ihm alles ab. Christians Körper war im Allgemeinen relativ fit, doch nach stundenlangem Herumklettern auf dem Gerüst eines Zwölffamilienhauses war er einfach am Ende. Was hatte ihn nur dazu getrieben, eine Maler- und Lackiererausbildung zu machen? Ungeachtet dessen konnte er froh sein, überhaupt eine Ausbildungsstelle bekommen zu haben. Sein Abschlusszeugnis bot diesbezüglich wenig Spielraum, und irgendwo musste das Geld ja herkommen.

In seiner kleinen Dreizimmerwohnung angekommen, trieb es ihn schnell unter eine erfrischende Dusche. Allerdings blieb die erhoffte Wirkung aus und er ließ sich danach gleich auf das Bett fallen. »Scheiß Baustelle, scheiß Job«, murmelte er vor sich hin. Seine Augenlider wurden schwer. Eine diffuse Nebelwand verschleierte ihm zunehmend den Blick und er begann langsam in den Dämmerzustand hinabzugleiten.

Plötzlich veränderte sich etwas in seinem stockfinsteren Schlafzimmer. Die Außenrollos waren praktisch vierundzwanzig Stunden herabgelassen, da er sich oft beobachtet fühlte. Außerdem hielt es Insekten ab, und mit denen hatte Christian ein ernsthaftes Problem. Für seine Freunde war diese Tatsache immer wieder eine Belustigung: »Der Horrorjunkie, der Angst vor kleinen Krabbeltieren hat.« Den Spruch konnte Christian schon lange nicht mehr hören. Vielleicht auch gerade deshalb, weil er den Nagel nun einmal auf den Kopf traf. Seine Grusel- und Horrorfilmsammlung war mittlerweile legendär und beinhaltete jedes noch so seltene Stück. Zombies, Serienmörder, Vampire und Dämonen gaben sich die Klinke in die Hand. Sobald in den Filmen jedoch Wesen mit mehr als vier Beinen auftraten, suchte man diese vergeblich in der Sammlung. Wo die extreme Phobie ihren Ursprung gehabt haben mochte, lag im Dunkeln. Christian erinnerte sich daran, dass sie als Kind nicht so ausgeprägt war.

Die Veränderung im Schlafzimmer rührte allerdings nicht von der Anwesenheit eines Tieres her, was für ihn schon beängstigend genug gewesen wäre. Die deutlich wahrnehmbaren Schritte endeten abrupt neben seinem Bett. Christian spürte, wie sich etwas über ihn beugte. Der kalte, fremde Atem auf seinem Gesicht schien Eiskristalle auf seiner Haut bilden zu wollen. Er schreckte hoch und riss die Augen auf.

»Hallo?« Der Ruf in die Dunkelheit blieb unbeantwortet. Selbstverständlich blieb er das, denn Christian Lempke lebte allein.

»Ist da jemand?« Sein Blick wanderte suchend durch die Finsternis. Die Augen hatten sich an die Schwärze gewöhnt, dennoch konnten sie nichts Ungewöhnliches entdecken.

»Scheiße, was war das?« Träumte er bereits? Flossen die Grenzen zwischen Realität und Traumwelt gerade ineinander, wie auf einem dieser schrägen Gemälde von Salvador Dali?

»Alter, leg dich wieder hin und penn endlich. Du bist ja völlig neben der Spur«, ermahnte sich Christian. Mit sich selbst zu reden stellte keine Besonderheit dar, sondern war schon gang und gäbe.

Sein immer schwerer werdender Kopf sackte zurück auf das Kissen und die Augenlider schlossen sich. Dieses Mal waren es keine Schritte und kein kalter Atem, die ihn kurz darauf erneut hochschrecken ließen. Die Stimme an seinem rechten Ohr konnte keine Einbildung gewesen sein. Panisch riss Christian abermals die Augen auf und sprang aus dem Bett. Mit zwei schnellen Schritten erreichte er den Lichtschalter und wurde sich wieder einmal bewusst, dass er dringend eine Nachttischlampe brauchte. Das Licht erhellte den Raum und er entdeckte auch jetzt nichts Ungewöhnliches.

Nein, er hatte noch nicht geschlafen, da war sich Christian absolut sicher. Ebenso sicher, wie er die Stimme dicht neben sich »Mörder« hatte wispern hören. Sie klang ganz nah und doch wie aus weiter Ferne. Als stamme die Quelle aus einer anderen, einer jenseitigen Welt.

»Scheiße, verdammt, was geht hier nur vor?«, fluchte er und öffnete die Zimmertür. An Schlaf war nicht mehr zu denken. Anscheinend verlor er gerade seinen Verstand.

»Mörder.«

Sofort wurde ihm klar, warum es ausgerechnet diese Anklage war. Er ging davon aus, dass sein Unterbewusstsein ihm einen bitterbösen Streich spielte. Es waren die Schuldgefühle, daran bestand kein Zweifel. Christian war kein Psychologieexperte, aber dennoch schien die mysteriöse Anschuldigung aus dem Nichts geradezu beängstigend gerechtfertigt zu sein.

Er trat aus dem Zimmer, als plötzlich die drei

Glühbirnen an der Schlafzimmerdecke mit einem lauten Knall synchron explodierten. »Was … zum …?« Christian schreckte zusammen und wandte seinen Blick zurück ins Schlafzimmer. Im selben Augenblick schlug die Tür hinter ihm mit einem ohrenbetäubenden Krach zu. Eine Art Druckwelle, begleitet von einem unerträglich dröhnenden und enorm schrillen Schrei, schleuderte ihn quer durch den Raum. Erst die Fensterwand bremste unsanft seinen Flug. Er blieb mit entsetztem Gesichtsausdruck auf dem Boden hocken. Schweißperlen sammelten sich auf seiner Stirn und die Gliedmaßen begannen heftig zu zittern. Ein Schock.

»Hilfe!« Sein Ausruf durchdrang die Lippen mehr reflexartig als gewollt.

Und dann war sie wieder neben ihm. Wie ein Eiszapfen, der sich geradewegs durch sein Gehirn bohrte, flüsterte ihm die unheilvolle Stimme erneut ins Ohr, doch er konnte das leise Zischeln nicht richtig verstehen. Möglicherweise war das auch seinem Schockzustand zuzuschreiben. Ein Wort allerdings hatte er herausfiltern können und es genügte, um einen Schauer über seinen Körper laufen zu lassen. »Angst.«

Christian blickte sich hektisch um. Nach wie vor war nichts Außergewöhnliches festzustellen. Und dennoch war diese unheimliche Präsenz des

Unbekannten deutlich spürbar. Er war nicht alleine in dem Raum, daran gab es keinen Zweifel. Kurzentschlossen rappelte er sich auf und stürmte fluchtbereit zur Tür, streckte seinen Arm bereits im Spurt aus, um die Klinke zu greifen. Noch einen großen Schritt. Er bekam die Türklinke zu fassen und riss sie nach unten. Doch nichts geschah. Auch nicht, als er fester an der sonst nach innen schwingenden Tür zog. Hatte er sie vorhin in seiner Furcht abgeschlossen, ohne dass es ihm bewusst war? Ein Griff zum Zimmerschlüssel bewies, dass dem nicht so war. »Verdammt, was geht hier vor? Ich will hier raus!«, schrie Christian der Finsternis entgegen. Angstschweiß tropfte ihm in die Augen und Gänsehaut hatte sich mittlerweile über den ganzen Körper ausgedehnt.

Dann wurde sein Ruf erhört. Plötzlich war sie wieder neben ihm. Die Stimme aus dem Nichts fräste sich durch jede Faser seines Leibes. Stach wie Millionen winzig kleiner Nadeln in jede der kleinen Erhebungen, die durch die anhaltende Piloarrektion verursacht wurden. Dieses Mal war sie laut und deutlich. Ausgesprochen aggressiv. »Mörder!« Sie klang wie unzählige verzerrte Stimmen, die übereinandergelegt worden waren. In vielen Horrorfilmen hatte er Vergleichbares gehört. Zumeist, wenn es um Besessenheit durch einen Dämon ging. Sein

Verstand warf schlagartig die Frage auf, ob mehr Wahrheit in derlei Filmen steckte, als irgendjemand wahrhaben wollte. »Ich bin kein Mörder. Es war ein Unfall«, schrie er in einem Akt irrationaler Verzweiflung und Panik ins Leere.

Er wollte noch etwas sagen, als ein plötzlicher Druck auf seinen Kehlkopf die Worte in einem kläglichen Gurgeln erstickte. Christian schlug wild um sich, doch er traf lediglich seinen Kleiderschrank und schürfte sich dabei ein wenig Haut vom Handrücken. Das Brennen spürte er kaum, seine Aufmerksamkeit galt vielmehr der knapper werdenden Luftzufuhr. Eine unsichtbare Hand schien ihn erwürgen zu wollen. Obendrein wurde er von dieser Kraft in die Höhe gehoben und verlor den Boden unter den Füßen. Das automatisierte Treten und Schlagen durchschnitt nur leeren Raum. Ein Gefühl unendlicher Hilflosigkeit ließ ihn frösteln. Seine Augäpfel drehten sich nach innen und er lief bereits leicht bläulich an.

Ein endgültiger erstickter Schrei bohrte sich schwerfällig und krampfhaft aus seiner geschundenen Kehle. Gerade dachte er, sein letztes Stündlein hätte geschlagen, als ein grelles Licht das Zimmer erhellte. Christian lag wieder in seinem Bett, öffnete die Augen und schrie sich die malträtierte Seele aus dem Leib.

2

Christian schreckte schweißgebadet aus dem Schlaf. Er riss die Augen auf und machte einen Hechtsprung aus dem Bett. Mit einem schnellen Handgriff hatte er das Rollo ein Stück hochgezogen. Die Morgensonne strömte wie ein lang ersehnter Gast in das Schlafzimmer. War dieser ganze Schrecken lediglich ein Traum gewesen? Das konnte doch unmöglich sein. Er sah sich im Zimmer um. Nichts ließ darauf schließen, dass irgendetwas Ungewöhnliches geschehen war.

Er ging vorsichtig auf Zehenspitzen zum Lichtschalter, als befürchtete er, dass seine Schritte zu hören wären. Immer wieder drehte er sich um, bereit, sich unverzüglich zu verstecken. Seine Anspannung war kaum erträglich. Christians Nerven waren zum Zerreißen gespannt und sein Herz schlug bis zum Hals. Mit den Augen suchte er nach Möglichkeiten, um sich vor *jemandem* oder *etwas*, das sich seiner bemächtigen wollte, in Sicherheit zu bringen.

Das Licht funktionierte. Keine Spuren von den

Scherben der zersplitterten Birnen. Keine Hinweise auf den Überlebenskampf. Alles stand an seinem rechtmäßigen Platz. Christian konnte nicht die geringsten Anzeichen entdecken. Abgesehen von der Schürfwunde an seiner Hand, die er sich allerdings auch im Schlaf, womöglich am Bettgestell, hätte zufügen können. Alle anderen Tatsachen sprachen dafür, dass er schlicht und ergreifend einen Albtraum hatte. Wenngleich einen unfassbar real wirkenden.

»Das ist unmöglich. Das kann einfach nicht sein«, nuschelte er vor sich hin. Nach wie vor penibel darum bemüht, keinerlei Geräusche zu verursachen. Ein Griff zur Klinke. Er drückte sie langsam hinunter und die Tür öffnete sich ohne Probleme. Ein vorsichtiger Blick in den Flur offenbarte nichts. Lediglich vereinzelte Sonnenstrahlen waren zu sehen, die friedlich aus der Küche und dem Wohnzimmer drangen und die Wohnung in ein angenehm warmes Licht tauchten. Etwas Ungewöhnliches war nicht zu erkennen. Christian durchsuchte jeden Winkel, doch alles schien normal zu sein. Keine zerbrochenen Gegenstände, keine unheimlichen Stimmen und erst recht keine unsichtbare Hand, die nach ihm griff, um ihn zu erwürgen. Der junge Mann war verwirrt. Er zweifelte an seinem Verstand.

»Ein Traum. Nur ein scheiß Traum. Alter Falter. Was für ein krasser Scheiß.« Christian griff nach dem Telefonhörer und wählte die Nummer seiner Freundin Martina. »Tina … ich muss dir unbedingt was erzählen …«, begann er, noch immer völlig aufgelöst. Nachdem er ihr bis ins kleinste Detail von seiner Horrornacht berichtet hatte, hörte er sie tief Luft holen, bevor sie antwortete:

»Habe ich dir nicht gesagt, du sollst dich krankschreiben lassen? Du hast vor knapp drei Wochen deinen besten Freund verloren. So was steckt man nicht einfach so weg. Schon gar nicht, wenn es auf so eine grausige Art und Weise geschehen ist, die auch dein Leben hätte kosten können.« Martina kannte ihren Freund gut genug, um zu erahnen, dass er gerade mit den Augen rollte. Christians Charakter wohnte eine gewisse Beratungsresistenz inne. Gleichgültig, wie gut man es mit ihm meinte, sein Sturkopf lief lieber unentwegt gegen die gleiche Wand, als einen Rat anzunehmen. Meist tat es ihm später leid und er wünschte sich, derlei Hilfen uneingeschränkt zulassen zu können. Doch er konnte nicht aus seiner Haut. Gern redete er sich damit heraus, dass es typische Eigenschaften des Widdergeborenen wären, aus denen man nur schwer ausbrechen könne. »Ich weiß, dass du das wieder nicht hören willst, Christian. Aber jeder Arzt wird es dir bestätigen. Wenn du schon nicht meine Ratschläge annehmen kannst, dann hör wenigstens auf den Doc. Der war schließlich ganz nett, oder?«

»Du meinst diesen Psycho-Quacksalber, den sie mir nach dem Unfall ins Krankenhaus geschickt hatten? Vergiss es.«

Martina war nicht überrascht, so eine Reaktion von ihm zu ernten. »Ich komme mal zu dir rüber, okay?«

Die beiden wohnten praktischerweise in derselben Straße, lediglich drei Häuser voneinander getrennt. Diesem Umstand und der Tatsache, dass sie in der Nähe des besten Imbisses der Stadt lebten – da waren sie sich einig – hatten sie es zu verdanken, sich überhaupt kennengelernt zu haben. *Die heiße Kiste* in Recklinghausen war unter Kennern schon fast legendär. Christian und Martina kamen ins Gespräch, weil sie sich dort innerhalb kürzester Zeit dreimal hintereinander getroffen und immer das Gleiche bestellt hatten: zwei Ufos. Das ist ein Hamburger mit Reibekuchen anstatt Fleisch, an dem sie im wahrsten Sinne des Wortes einen Narren gefressen hatten. Seitdem behaupteten sie stets, bei einer UFO-Sichtung zusammengekommen zu sein. Was ja prinzipiell keine Lüge darstellte.

»Klar, komm rüber. Vielleicht fällt dir ja etwas Ungewöhnliches in meiner Bude auf. Ich finde nichts Unnormales, aber kann trotzdem nicht glauben, dass es sich nur um einen Traum handelte.«

Christian wusste nicht, ob es ihn beruhigen sollte, dass auch seine Freundin nichts entdecken konnte, was zu einer anderen Schlussfolgerung führte. Vermutlich hatte sie sich nur in der Wohnung umgesehen, damit er nicht dachte, sie würde ihn für verrückt halten. Hätte sie tatsächlich so unrecht?

Martina zog verständlicherweise gar keine andere Möglichkeit in Betracht, als die eines sehr lebhaften Albtraumes. Sie war überrascht, als Christian mit der Bitte bei ihm zu schlafen an sie herantrat. Er wirkte auf einmal so ungewohnt verletzlich und ängstlich. Nie zuvor hatte Martina ihn so erlebt. »Es tut mir leid, Chris. Heute ist Mädelsabend mit Nadine und Conny. Das weißt du doch. Ich übernachte also bei Nadine in Düsseldorf.«

Christian wurde aschfahl im Gesicht. »Kannst du nicht ausnahmsweise mal absagen? Ich weiß ja, es ist albern, aber hier stimmt wirklich etwas nicht, glaube mir.«

»Schatz, so kenne ich dich gar nicht. Was ist aus dem knallharten Horrorfreak geworden? Warum nimmst du keine Hilfe an? Es war schrecklich, was geschehen ist. Du leidest höchstwahrscheinlich unter posttraumatischem Stress. Im Zuge dessen spielt dein Verstand dir böse Streiche.«

Christian zog die Augenbrauen zu einem spitzen Winkel zusammen, was bei ihm stets signalisierte, dass die aggressive Seite in ihm die Oberhand gewann. Martina wusste nur zu gut, dass er diese Emotionen weitestgehend unterdrückte, vor allem ihr gegenüber. Es gab zwischen den beiden bisher nur einen ernsthaften Streit, in dem es allerdings recht heftig zur Sache ging. Christian war damals sehr erstaunt, wie aus der zierlichen, kleinen Frau eine regelrechte Raubkatze wurde. Ihre hüftlange blonde Engelsmähne schwang kampflustig umher, als sie bereit war, ihr Revier bis aufs Blut zu verteidigen. Obwohl die Beziehung noch jung war, hatte er sich hinreißen lassen, auf einen Flirt einzusteigen, als sie gemeinsam bei einem Konzert waren. Aus den blauen Kulleraugen seiner Freundin stoben Zornesblitze, die man zwar nicht sehen, jedoch überdeutlich spüren konnte. Nachdem sie die unverschämte Tussi, wie sie das Mädchen betitelte, ihres Platzes verwiesen hatte, war das Konzert für Christian gelaufen. Ihre Vorwürfe führten schnell zu einem Streit, der sich über mehrere Tage ausdehnte.

Martina stellte sich als ziemlich eifersüchtig heraus, womit er anfangs ein großes Problem hatte. Doch im Nachhinein musste er sich und ihr eingestehen, dass es ja irgendwo auch schmeichelhaft war. Es war nur eben neu für ihn und er konnte zunächst nicht damit umgehen. Ebenso wenig wie mit ihrer gelegentlich übertriebenen Fürsorge, die ihn einengte. Martina wusste, dass genau das der Punkt war, der ihn jetzt ärgerte. Er mochte es nicht, bemuttert zu werden, trotzdem flehte er sie geradezu an, bei ihm zu übernachten.

»Es tut mir leid, ehrlich. Aber du weißt, dass es unser monatliches Ritual ist. Ich muss zugeben, dass es mich verwundert, wie sehr dich dieser Traum aus der Fassung bringt.«

Sein Ton wurde schärfer: »Weil es verdammt noch mal kein Traum war.«

Sie seufzte, was eine Mischung aus Sorge und Frustration transportierte. Martina kramte in ihrer Handtasche herum und drückte ihm schließlich eine verknitterte Visitenkarte in die Hand. »Das ist die Nummer von dem Psychologen. Tue dir einen Gefallen und mach einen Termin. Selbst wenn es nur darum geht, dass er dir vielleicht etwas verschreiben kann, das deine Träume eindämmt.«

»Ist die Zahnarzthelferin jetzt Spezialistin für Psychoanalyse?«

»Ich meine es nur gut, und das weißt du auch. Sei nicht immer so bockig, wenn man dir helfen will.«

Was Christian am meisten aufregte, war die Tatsache, dass Tina nicht einmal eine andere Möglichkeit in Erwägung zog. Nein, für sie litt er infolge des Unfalls unter Stress. Dieses furchtbare Ereignis, welches er auf so wundersame Weise nahezu unversehrt überlebt hatte, während sein bester Freund vor seinen Augen auf grausame Art und Weise gestorben war. »Mörder«, hallte die Erinnerung an jene Stimme aus der letzten Nacht durch seinen Kopf. Es war unbestritten, der Tag, an dem Daniel die Kontrolle über das Fahrzeug verlor und dabei ums Leben kam, war allgegenwärtig und bestimmte beinahe jeden Gedankengang des Zwanzigjährigen. Selbstredend schien es kein Zufall zu sein, dass ausgerechnet das Wort *Mörder* ihn so beschäftigte. Christian machte sich nichts vor. Er war verantwortlich für das Unglück. Hätte er sich nicht so volllaufen lassen … Seit dem verfluchten Tag hatte er keinen Tropfen Alkohol mehr angerührt, und er beabsichtigte, das niemals wieder zu tun. *Der Teufel hat den Schnaps gemacht,* dieser viel zitierte und auch in Liedern gern verwendete Satz beinhaltete eine grausige Wahrheit, dessen war sich Christian nun bewusst.

Überhaupt wollte er einiges in seinem Leben ändern. Das begann schon damit, dass er sich am Tage vor der Beerdigung seine schulterlange, schwarze Mähne hatte abschneiden lassen. Und färben würde er sie künftig ebenfalls nicht mehr. Schwarz war der Tod, und für den Gevatter blieb nach der Beisetzung von Daniel nur noch Schrecken übrig. Die Faszination, die das Sterben bis zu jenem schicksalhaften Tag auf Christian ausübte, war einer neuen Ehrfurcht gewichen, die er so nicht gekannt hatte. Plötzlich sah er vieles mit anderen Augen. Die unzähligen Metzeleien in seinem DVD-Regal hatten den alten Coolness-Faktor verloren. Seit drei Wochen konnte er keinen seiner Filme mehr anrühren. War die Form der Unterhaltung bisher eine Art Ventil für ihn gewesen, so erinnerte sie ihn nunmehr ausschließlich an das Bild seines Freundes. Durchbohrt von einem armdicken Ast, mit starrem, leeren Blick, der das Entsetzen in seinem Gesicht hatte gefrieren lassen.

Christian versuchte sich verzweifelt daran zu erinnern, was danach geschehen war. Doch auf dieses Bild, welches sich so intensiv und unlöschbar in sein Gedächtnis gebrannt hatte, folgte nur Schwärze. Möglicherweise eine Schutzfunktion seines Gehirns. Vielleicht hatte er lediglich das Bewusstsein verloren. Seine Erinnerungen setzten erst im Krankenhaus wieder ein. Neben seinem Bett stand dieser Doktor Lessing, der Psychologe, den Martina ihm so eindringlich ans Herz legte. Christian wollte keine Hilfe. Nachdem man ihn zwei Tage lang gründlich untersucht hatte, konnte er nach Hause gehen. Abgesehen von einigen blauen Flecken war er unversehrt geblieben. Es war ein Rätsel. Nicht nur für ihn, sondern auch für die Polizei, die ihn bereits im Krankenhaus mit Fragen löcherte. Er berichtete von dem Licht, das sie blendete, von dem Abhang, den sie hinunterstürzten, und letztendlich von dem Baum. Auch gab er zu, dass er nicht hatte selbst fahren können, weil er zu betrunken war. Er ließ allerdings den Punkt aus, an dem er Daniel ins Lenkrad gegriffen hatte. Dass er ihn permanent abgelenkt hatte, behielt er lieber ebenfalls für sich. Zum Schluss musste er den ermittelnden Beamten eine Frage stellen, die ihm auf der Seele brannte: »Können Sie mir vielleicht verraten, wie ich mit dieser Schuld leben soll?«

»Die Schuldfrage wird das Gericht klären, das liegt nicht in unserem Ermessen. Wir versuchen lediglich, den Unfallhergang zu rekonstruieren.«

Auf die Polizei war Christian noch nie gut zu sprechen gewesen, das machten die beiden arrogant wirkenden Beamten im Krankenhaus nicht besser.

Langsam kam er zurück in die Gegenwart und blickte in Martinas erwartungsvolle Augen. Vermutlich wartete sie auf eine Absolution, damit sie frei von schlechtem Gewissen zu ihrer Freundin fahren konnte. »Ich denke darüber nach.«

»Du rufst ihn an?«

Er wandte sich von ihr ab und starrte in Richtung Schlafzimmer. »Ich sagte, ich denke darüber nach. Ich kann nichts versprechen. Sicher hast du recht. Der Unfall hat mich ziemlich aus der Bahn geworfen und mein Unterbewusstsein wird das wohl im Traum zu bewältigen versuchen.«

Martina lächelte etwas mitleidig. »Ja, das sehe ich genauso. Darum solltest du dir unbedingt helfen lassen.«

Er verschränkte die Arme schützend vor seinem breiten Oberkörper. »Was meinst du, warum ich so schnell wieder arbeiten gehen wollte? In diesem beknackten Job denkst du nicht viel nach. Die Arbeit wirkt wie ein Betäubungsmittel. Ein scheiß Schimpanse könnte eine Wand streichen. Aber sei es drum … mir hilft der Unsinn, zu vergessen.«

Martina fasste ihn mit beiden Händen an den Schultern. »Nein, das hilft dir zu verdrängen. Doch so funktioniert das nicht. Du musst dich damit auseinandersetzen. Wenn du versuchst, vor der Erinnerung zu fliehen, wird sie dich nicht nur einholen, sondern früher oder später auffressen. Schatz, ich liebe dich und ich kann es einfach nicht mit ansehen, wie du dich quälst. Du hast dir nicht einmal die Zeit genommen, zu trauern. Ich habe dich bei der Beerdigung beobachtet. Nicht eine Träne hast du vergossen. Stattdessen war da wieder diese unbändige Wut in dir.«

»Ich möchte dich mal sehen, wenn du schuld an Nadines Tod wärst. Oder an dem von einer deiner anderen Freundinnen.«

Martina schlug die Hände über dem Kopf zusammen. »Himmel noch mal. Du bist nicht schuld an dem, was passiert ist. Es war ein Unfall.«

Christian ging zur Wohnungstür und öffnete sie. »Das sieht die Polizei anders. Und um ehrlich zu sein, ich ebenfalls. Vielleicht hast du recht und ich sollte den Arzt anrufen. Wie gesagt, ich werde darüber nachdenken. Aber du fährst jetzt erst mal zu deinem Mädelsabend.«

Sie trat auf ihn zu und gab ihm einen zarten Kuss. »Sicher?«

»Ja, mach schon. Lass dir von mir nicht den Tag vermiesen. Ich komme irgendwie klar.«

Mit der Handfläche strich Martina ihm zart über die Wange. »Es tut mir wirklich leid, morgen bin ich wieder für dich da.«

»Mach dir keine Gedanken. Ich komme zurecht.« Sein Lächeln wirkte aufgesetzt und so unecht, wie von einem Laienschauspieler krampfhaft herbeigeführt.

Martina hatte ein mulmiges Gefühl in der Magengrube, als sie seine Wohnung verließ. Trotzdem wollte sie ihren Freundinnen gegenüber ihr Wort halten und machte sich auf den Weg nach Düsseldorf.

Christian rief weder seinen Freund Tim an, wie er es ursprünglich vorgehabt hatte, noch den Psychologen. Stattdessen probierte er, seine Gedanken zum Schweigen zu bringen, indem er sich vor die Playstation hockte und stundenlang Autorennen fuhr. Die Art von Spielen forderte in jeder Sekunde die Aufmerksamkeit und hielt einen vollständig vom Denken ab. Ähnlich seinem verhassten Job, nur dass diese Beschäftigung Spaß machte. Genau das, was Christian gerade brauchte. Am späten Nachmittag schließlich fiel ihm das Gamepad einfach aus der Hand. Ohne die aufkeimende Müdigkeit richtig zu realisieren, war er plötzlich in einen tiefen Schlaf gefallen.

Erst kurz nach einundzwanzig Uhr öffnete er wieder die Augen. Im Zimmer war es stockdunkel. Die Spielkonsole und der Fernseher schienen von selbst ausgegangen zu sein. Zumindest konnte er sich nicht erinnern, sie abgeschaltet zu haben. Für einen Moment kämpfte er gegen eine kleine Orientierungslosigkeit an. Er tastete nach der Fernbedienung. In diesem Moment packte ihn etwas brutal am Handgelenk und zerrte daran.

3

Sein Schrei erstarb in einem eisigen Frösteln, dann bekam er endlich die Fernbedienung zu greifen und drückte wild auf die Knöpfe. Das Licht des Fernsehers offenbarte die Wahrheit. Es war niemand im Raum, der ihn hätte berühren können. Offenbar war er eingeschlafen und hatte erneut geträumt. Weiter kam Christian mit seinen Gedankengängen jedoch nicht, denn just in diesem Moment verzerrte sich das Rauschen des Fernsehers zu einer Stimme, die abermals die furchtbare Anklage formte: »Mörder«.

Christian rappelte sich entsetzt auf. Vor Furcht standen ihm sämtliche Haare zu Berge. Er traute sich kaum zu atmen, geschweige denn, einen Laut von sich zu geben. Sich immer wieder hektisch in alle Richtungen wendend, schlich er zur Tür und schaltete hastig das Licht ein. Winzig kleine Eiswürfel schienen ihm den Rücken hinunterzulaufen. »Verdammt, wer ist da? Was soll der Scheiß?«

Unmittelbar nach seinem verzweifelten Ausruf ins Nichts brach die Hölle los. Neben seinem rechten Ohr erklang ein schriller, mehrstimmiger Schrei. Dann an seinem linken. Ganz so, als umkreise die Stimme ihn wieder und wieder. Ein frostiger Luftzug fegte durch das Zimmer und durch Christian selbst hindurch. Auf dem Bildschirm des Fernsehers entstanden schlagartig Risse, die von einem lauten Knacken und Knirschen begleitet wurden. Alle Schranktüren sprangen gleichzeitig auf und der Inhalt wurde scheinbar mit Gewalt von innen herausgeworfen. Die unheimlichen Schreie dröhnten in seinem Kopf und wirkten nun wie aus mehreren unsichtbaren Quellen, welche sich im gesamten Raum verteilt hatten. Er hielt sich die Ohren zu, sackte auf die Knie und stieß ebenfalls einen markerschütternden Schrei aus. Kalter Schweiß hatte sich auf seiner Stirn gesammelt und lief ihm in die von Furcht gezeichneten Augen. Er wollte das Grauen um sich herum einfach nicht wahrhaben und kniff sie fest zusammen. Aus seiner Kehle drang ein krächzender Laut. Sein Körper zitterte unkontrolliert und die Zähne schlugen aufeinander. Die Worte, die über seine Lippen kamen, waren mehr ein Hauch und kaum hörbar. »Nein, das ist nur ein Traum. Das ist nicht real.«

Der Fernseher verabschiedete sich mit einem überlauten Knall und fiel schließlich auf den Boden, als hätte jemand dagegen getreten. Die drei

Glühbirnen der Deckenlampe explodierten nacheinander und es regnete winzig kleine Splitter.

»Aaaargh! Wach auf Christian! WACH AUF!« Er schrie und schrie, während die Stimmen dies mit einem dämonischen Gelächter quittierten. Christian presste die Hände noch fester auf seine Ohren. Tränenbäche liefen aus seinen geschlossenen Augen über die bleich gewordenen Wangen und er schlotterte am ganzen Leib. »Lieber Gott, mach, dass es aufhört.« Sein Gebet klang wie das eines verschreckten Kindes, das unter der Bettdecke lag und sich vor dem vermeintlichen Monster im Kleiderschrank versteckte.

»Mörder!« Die Antwort aus dem Dunkeln erfolgte sogleich.

Er nahm all seinen Mut zusammen, kämpfte sich auf die Beine und wollte hastig den Raum verlassen, als es plötzlich an der Zimmertür klopfte. Immer schneller werdend und so laut, als schlüge jemand mit einem Vorschlaghammer dagegen. Christian stolperte einen Schritt rückwärts. Sie immer im Auge behaltend, entfernte er sich panisch schreiend von der Tür. In der Dunkelheit erkannte er nur alles schemenhaft, dummerweise hatte er auch hier die Rollos hinuntergelassen, bevor er beim Spielen eingeschlafen war. Er tastete sich an der Fensterwand entlang zum Zugband der Außenjalousie. Als er es endlich zu fassen bekam, zog er blitzartig die Verdunkelung auf. Was er dann sah, überforderte und schockierte seinen Verstand dermaßen, dass er kurz darauf das Bewusstsein verlor. Keine anderen Häuser, kein Nachthimmel oder die Straße waren zu erkennen. Stattdessen blickte er auf das Innere des Polos. Auf den dunkelrot gefärbten Ast, der sich durch den Körper seines Freundes gebohrt hatte und ihm in einer einzigen Sekunde das noch junge Leben auslöschte. Überall war Blut. Scherben und Splitter der Windschutzscheibe schienen in der Luft zu schweben, als ob der Moment des Aufpralls in der Zeit eingefroren wäre. Und plötzlich drehte sich der Kopf des Toten langsam und knirschend zu Christian. Grausame, leere Augenhöhlen starrten ihn an. Kleine Käfer, Maden und Würmer fielen aus den dunklen Vertiefungen im Schädel, der durch die fehlenden Augäpfel wie ein Skelettkopf wirkte. Der Tote öffnete den Mund und weitere Käfer krabbelten über das entstellte Gesicht, welches Christian erneut anklagte: »Mörder!«

***

»Keine Eltern der Welt sollten ihre Kinder überleben.« Immer wieder schüttelte Silvia Ressmer kummervoll den Kopf und murmelte den Satz vor sich hin. Eine Aussage, die den Schmerz über den Verlust alles andere als linderte.

Ihr Mann Ulrich nahm sie tröstend in die Arme und strich ihr über die zerzauste Kurzhaarfrisur, die schon Tage kein Shampoo gesehen hatte. Ulli, wie seine Frau und die Arbeitskollegen ihn nannten, war zu Lebzeiten seines Sohnes nicht unbedingt für seine Sensibilität bekannt. Seit dem furchtbaren Unfall hatte er schwer mit seiner Gefühlswelt zu kämpfen, die er früher tief in sich verborgen gehalten hatte. Seine Mauer bröckelte und dennoch war er von dem Gedanken besessen, stark sein zu müssen. Stark für seine Frau. Sie durften nicht beide zusammenbrechen. Denn genau das geschah mit Silvia. Eine Woche, nachdem sie Daniel beerdigen mussten, schien auch aus der Mittfünfzigerin der Lebensgeist entwichen zu sein. Sie ließ sich gehen. War zu den einfachsten Dingen des Alltags nicht mehr in der Lage.

»Es ist alles so sinnlos …«, flüsterte sie kaum verständlich. »… er hatte doch sein ganzes Leben noch vor sich.«

»Wenn es einen Gott gäbe, müsste er ein ziemlich sadistisches Arschloch sein. Das habe ich dir schon immer gesagt.« Ulli war nie ein Befürworter der Kirche oder des, wie er es nannte, irrationalen

Glaubens. Im Gegenteil, nur allzu oft endeten seine Stammtischabende mit Diskussionen, bei denen er zum Missionar des Atheismus wurde.

»Gott hat damit nichts zu tun. Das ist einzig und allein die Schuld dieses kaputten Bastards Christian Lempke. Was seine Eltern sich dabei gedacht haben, dem missratenen Gör den Namen des Herren zu geben, werde ich nie verstehen. Aber du hast trotzdem recht. Warum lässt Gott zu, dass dieser *Mensch* uns unseren Sohn wegnimmt?« Silvia Ressmer ging mit den Einstellungen ihres Ehemannes in keiner Weise konform. Sie war streng katholisch aufgewachsen. Die Kirche war von jeher ein fester Bestandteil ihres Lebens. Dessen ungeachtet akzeptierte sie die Meinung ihres Mannes. Jedoch fortwährend in der Hoffnung, sie eines schönen Tages ändern zu können. Sie erwartete nicht von Ulrich, dass er sie in die Sonntagsmesse begleitete, sie selbst ließ indessen kaum eine aus. Ihr Glaube hatte ihr stets Halt gegeben. Halt in einer scheinbar verrückt gewordenen Welt. In den dreißig Jahren ihrer Ehe waren sie des Öfteren aufgrund ihrer so grundverschiedenen Ansichten in Konflikte geraten. Doch ihre Liebe war stark genug, um sich immer wieder zusammenzuraufen. Jetzt, nach dem Tod von Daniel, wurde allerdings auch Silvias Gottergebenheit auf eine harte Probe gestellt.

»Niemand hat behauptet, das Leben wäre fair oder gerecht.«

Silvias Miene wurde grimmig und finster. Sie löste sich aus der Umarmung ihres Mannes. »Weißt du, was gerecht wäre?«

Ulli sah sie skeptisch an, kam aber nicht dazu, eine Antwort auszusprechen, da sie sogleich mit einem Bibelvers fortfuhr:

»Und wer seinen Nächsten verletzt, dem soll man tun, wie er getan hat, Auge um Auge, Zahn um Zahn; wie er hat einen Menschen verletzt, so soll man ihm wieder tun.« Sie holte tief Luft und fügte noch hinzu: »Man sollte seine Eltern den gleichen Schmerz fühlen lassen.«

Ulrich trat einen Schritt zurück und war sichtlich entsetzt über seine Frau. Dabei waren es nicht einmal die Worte an sich, sondern die kalte Entschlossenheit, die sich in ihrem versteinerten, farblosen Gesicht spiegelte. Tiefe Kummerfalten hatten sich in den letzten Wochen auf ihrer Haut gebildet. Die alte Fröhlichkeit und Lebensfreude hatte sie zusammen mit ihrem Sohn unter einem Haufen dreckiger Erde begraben. »Soweit ich weiß, hat Christian Lempke gar keine Eltern mehr.«

Auf die unpassende Antwort ihres Mannes reagierte sie mit einem hysterischen Anfall. Sie trommelte mit den Fäusten wie ein wild gewordener Gorilla auf seiner Brust herum. »Was spielt das denn bitteschön für eine Rolle?« Ihre Stimme wurde schrill, Tränen rannen ihr die Wangen hinunter. Silvias innere Zerrissenheit und die grenzenlose Verzweiflung führten ihre Gedanken an einen dunklen Ort. Einen Ort namens Vergeltung. Ulrich erkannte das Wesen, welches gerade unkontrolliert auf ihn einschlug, gar nicht wieder. Ihre nächste Aussage schockierte ihn über alle Maßen.

»Dieser Lempke hätte am Steuer sitzen sollen. Es war sein Auto. Auge um Auge – ich wünsche mir seinen Tod. Hörst du? Ich wünsche SEINEN TOD. Ich will dieses Schwein sterben sehen.« Hasserfüllte Augen bestätigten die Ernsthaftigkeit ihrer Worte.

4

Die Türklingel ließ Christian ruckartig in die Höhe schrecken. Einen Moment blieb er benommen sitzen. Das Schwindelgefühl ließ langsam nach und sein Blick klärte sich. Als er sich behäbig umsah, traf ihn fast der Schlag. Im Gegensatz zur ersten Nacht gab es diesmal Beweise. Die These des Albtraums fiel vor seinen geröteten Augen wie ein Kartenhaus zusammen. Das Wohnzimmer glich einem Schlachtfeld. Der Fernseher lag tatsächlich zerstört auf dem Boden. Die Inhalte seiner Schränke waren kreuz und quer im Zimmer verstreut. Vieles war kaputtgegangen, Scherben lagen überall auf dem Fußboden verteilt. Es läutete erneut an der Tür. Christian eilte durch den Raum und gab sich alle Mühe, in keinen der umherliegenden Glassplitter zu treten, was ihm jedoch nicht gelang. Ein etwa fingernagelgroßes Stück Glas, welches bis gestern Teil seiner einzigen Vase war, bohrte sich schmerzhaft in seinen großen Zeh. »Fuck!«, schrie er automatisiert und humpelte weiter zur Tür. Der graue Socken färbte sich rötlich und ein stechender Schmerz zog sich durch das ganze Bein. Dicht vor der Tür erschreckte ihn das dritte Klingeln dermaßen, dass er über einen herumstehenden Schuh stolperte und hinfiel. Er fluchte erneut, reckte sich nach oben und betätigte schließlich mit den Fingerspitzen den Drücker. Von seiner Wohnung in der zweiten Etage konnte er das kurze Surren der Haustür deutlich hören. Die Tür wurde aufgestoßen und schnelle Schritte hallten durch den Flur. Christian rappelte sich hoch, stieß aber einen verhaltenen Schmerzensschrei aus, als er probierte aufzutreten. Erst jetzt sah er die Scherbe in seinem Zeh. Er öffnete die Eingangstür, hielt sich an der Klinke fest und ließ sich wieder auf den Fußboden sinken. Im selben Moment, da er sich mit schmerzverzerrter Miene den Splitter herauszog, stand Tim in der Tür.

»Alter, hast du noch gepennt, oder was? Und was zur Hölle machst du auf dem Boden?«

»Tim? Das ist ja echt witzig, ich wollte dich gestern eigentlich anrufen und fragen, ob du Zeit hast.«

Der Dreiundzwanzigjährige zog die Augenbraue nach oben und starrte seinen vor ihm sitzenden Freund überrascht an. »Hä? Sag mal, hast du gesoffen?«

»Nein, ich …«

»Alter, du blutest ja.« Tim ging in die Hocke und sah sich Christians Fuß an. »Oh Mann … das sieht fies aus. Da steckt eine Scherbe drin.«

»Ach, was du nicht sagst. Erzähl mir mal was Neues.«

»Was ist passiert?«

»Das wirst du mir sowieso nicht glauben, lange Geschichte.« Er tastete nach der Glasscherbe und fluchte erneut. »Fuck! Kannst du vielleicht?«

»Klar, zähl bis drei.«

»Eins, zwei, aaargh. Du Arsch …«

»Siehst du, das funktioniert jedes Mal. Holla, ein ganz schöner Brummer, den du dir da reingezogen hast. Soll ich dich ins Krankenhaus fahren? Schlimmstenfalls muss das genäht werden.«

Christian winkte ab. »Kommt nicht infrage. Im Badezimmer ist ein Erste-Hilfe-Kasten, der muss reichen.«

Tim ging Richtung Bad, wobei er unweigerlich in das verwüstete Wohnzimmer sehen musste. »Alter Schwede … Was ist denn hier passiert? Renovierst du gerade? Hast du mich deshalb mitten in der Nacht angerufen?«

Christian schüttelte ungläubig den Kopf, sein Blick fixierte Tim. »Spinnst du? Ich sagte doch schon, ich *wollte* dich anrufen. Habe es jedoch nicht getan, weil ich eingeschlafen war.«

Tim fischte beiläufig ein Haargummi aus der Jackentasche und bändigte seine lange schwarze Matte zu einem Zopf. »Ja, darum habe ich dich gefragt, ob du gesoffen hast.«

»Ich kann dir nicht folgen.«

»Alter, du hast mich um drei Uhr nachts aus dem Bett geklingelt und irgendein wirres Zeug gelabert. Was meinst du, warum ich an einem Sonntagmorgen so früh vor deiner Tür stehe? Ich wäre ohne Scheiß eher gekommen, aber ich war so groggy, dass ich gleich wieder eingepennt war.«

Christians Gesichtsausdruck hätte kaum verwirrter sein können. Er kratzte sich nervös am Hinterkopf und versuchte sich bis ins kleinste Detail an letzte Nacht zu erinnern. Nein, er war sich sicher, niemanden angerufen zu haben.

Während Tim Christians Zeh verband, schaute er ab und zu skeptisch seinen Freund an. Er sah dessen Ratlosigkeit und hakte nach: »Willst du mir vielleicht endlich mal erzählen, was eigentlich passiert ist?«

Christian fuhr sich mit beiden Händen übers Gesicht. Er wirkte müde und erschöpft. Ein schwerer Atemzug entrang sich seiner Brust, bevor er seinem Freund alles erzählte. Tim hatte sich stets als guter, unvoreingenommener Zuhörer erwiesen, er hatte immer ein offenes Ohr für die Probleme anderer. So auch dieses Mal. Christian wusste genau, dass er von ihm bestimmt nicht als verrückt abgestempelt werden würde. Als Sänger einer mittlerweile recht erfolgreichen Gothic-Rockband beschäftigte sich Tim Schäfer permanent mit grenzwertigen Themen, um die *normale* Leute eher einen Bogen machten. Dazu gehörten auch paranormale Dinge. Er lauschte gebannt und überaus interessiert den Worten und unterbrach ihn nur hin und wieder mit einem »Aha« oder »Interessant«. Christian ließ keine noch so unbedeutend erscheinende Kleinigkeit aus. Während er sich alles von der Seele redete, kämpfte er sich auf die Beine. Der Zeh schmerzte zwar, aber durch seine Emotionen über das Erlebte, drängte sich der Schmerz in den Hintergrund. Er humpelte in die Küche und setzte sich mit Tim an den kleinen Tisch vor dem Fenster, der vermutlich aus den Siebzigerjahren stammte.

Tim stand allerdings gleich wieder auf und ging zum Küchenschrank. »Mann, Kumpel, das ist harter Tobak. Ich brauch erst mal 'nen Kaffee.« Er kannte sich in Christians Küche aus. Sie hatten schon viele Nächte gemeinsam gezockt und dabei ganze Kaffeeplantagen vernichtet. Als der Kaffee langsam in die Glaskanne lief, dachte er angestrengt nach. Er wusste nicht, was er von Christians Erzählung halten sollte. Andererseits kannte er seinen

Freund gut genug, er war definitiv kein Spinner. Aus dem Schrank nahm er zwei leicht angeschlagene Tassen, um sie mit dem extrastarken Muntermacher zu befüllen.

Christian nippte kurz an dem heißen Getränk. »Holla, der hat es in sich. Der weckt Tote auf.« Erschrocken über seine eigenen Worte, zuckte er zusammen und für eine Sekunde trat etwas Ängstliches in seinen Blick. Er strich sich mit einer Hand über die Augen, als könne er den quälenden Gedanken fortwischen, und sprach weiter: »So viel dazu, dass Rockstars ständig nur Alk trinken.«

Tim feixte. »Klischees, Alter. Nur leeres Geschwätz. Ohne Kaffee würde ich eine Tour maximal zwei Tage überleben.«

Christians Miene wurde nachdenklich. »Wie sieht es denn bei dir aus? Hast du in den nächsten Tagen irgendwas am Start?«

»Nein, das neue Album ist im Kasten und die Tournee startet erst in drei Wochen. Ich habe folglich ein bisschen Luft.«

»Das trifft sich gut. Nachdem, was ich dir jetzt alles erzählt habe …«

»… willst du nicht alleine bleiben. Das kann ich mir vorstellen. Also wenn das deine Frage ist: Klar bleibe ich ein paar Tage hier und wir gehen den Dingen auf den Grund.«

Den riesigen Felsbrocken, der von Christians Schultern fiel, konnte man förmlich sehen. »Danke Mann, ich habe echt Angst, dass ich den Verstand verliere.«

»Und du bist dir absolut sicher, dass du nicht betrunken warst und die Bude selbst zerlegt hast?«

»Hundertprozentig. Ich saß im Sessel und habe gezockt. Offenbar muss ich eingeschlafen sein. Na ja, den Rest kennst du bereits.«

Tim fasste sich nachdenklich an seinen Ziegenbart und zupfte daran herum. »Das könnte interessant werden. Und du meinst ernsthaft, es ist der Geist von Daniel, der dich hier terrorisiert? Ich meine … das klingt alles eher nach einem Poltergeist. Da Daniel jedoch nicht hier in deiner Wohnung gestorben ist, passt das nicht wirklich zusammen.« Tim war ein wandelndes Lexikon des Übernatürlichen, was er gern zum Besten gab. Hier kam sein umfassendes Wissen um die Materie wie gerufen.

»Mann, ich weiß es doch auch nicht. Aber diese Stimmen haben mich wiederholt als Mörder betitelt. Und du weißt, dass ich hätte fahren müssen. Es ist nun mal meine Schuld, dass er tot ist.«

Tim schlug mit der Faust auf den Tisch. Obgleich das gute alte Stück viel stabiler war als moderne Möbel, reichte die Erschütterung aus, um ein wenig Kaffee aus der Tasse auf die grüne Tischplatte schwappen zu lassen. »Alter, jetzt fang nicht schon wieder mit diesem Schwachsinn an. Es ist NICHT deine Schuld. Du laberst nur den Stuss nach, den sie dir auf der Beerdigung eingetrichtert haben. Diese Vollidioten. Brauchten eben einen Sündenbock, um den Scheiß zu verarbeiten.«

Christian stand auf, humpelte zur Kaffeemaschine und schenkte sich noch eine neue Tasse Kaffee nach. »Wovon zur Hölle sprichst du?«

»Na von Daniels Beerdigung. Ach ja, dir sind ja die Lampen ausgegangen.«

Christian stellte die Kaffeetasse geistesabwesend direkt in die kleine Pfütze auf dem Tisch und sah Tim fragend an. »Was redest du da? Ich soll ohnmächtig geworden sein? Das wüsste ich ja wohl.«

»Kumpel, mit dir stimmt was nicht, das ist dir schon klar, oder? Daniels Eltern, Großeltern, sogar die vierzehnjährige Cousine haben dich verflucht. Haben dir die verdammte Pest an den Hals gewünscht und dich immer wieder als Mörder und Bastard beschimpft. Daher wurde ich so hellhörig, als du von den Stimmen berichtet hast. Vielleicht verarbeitet dein Verstand das gerade alles auf eine sehr merkwürdige Art.«

Christian sprang wütend auf und warf den

Tisch fast um. Der Kaffee schwappte erneut über und vergrößerte die Pfütze zu einem kleinen See. »Willst du jetzt ebenfalls behaupten, ich wäre verrückt? Meinst du, ich zerstöre mal eben so im Wahnzustand meinen Tausendfünfhundert-Euro-Fernseher? Und natürlich jage ich mir zur Krönung schnell eine Scherbe in den Fuß, damit ich das arme Opfer spielen kann. Logischerweise wusste ich vorher, dass gleich jemand vorbeikommt. Schließlich bin ich ja Hellseher. Für wen also sollte ich diesen Scheiß inszenieren? Hast du daran mal gedacht?«

»Mann, das sage ich doch gar nicht. Aber hast du die Möglichkeit gar nicht in Betracht gezogen, dass du dir all das nur einbilden könntest?« Er schlug einen ruhigen, versöhnlichen Ton an, um Christian nicht noch mehr aufzuregen. »Pass auf, ich fahr nach Hause und hole ein paar Sachen zum Übernachten. In einer Stunde bin ich wieder hier, dann werden wir zusammen rausfinden, was hier abgeht. Okay?«

»Ja, okay. Tut mir leid, ich wollte nicht laut werden.« Er klopfte Tim auf die Schulter. »Danke, dass du mir helfen willst.«

»Das versteht sich von selbst, Kumpel.« Er stand auf und ging hinaus. »Bis gleich. Versuche nicht einzuschlafen, ja?«

Die Tür fiel ins Schloss und im selben Moment

durchzuckten Christian Bilder. Erinnerungsfetzen an den Tag der Beisetzung. Wie kurze Filmschnipsel, nur ein schnelles Aufblitzen, rauschten sie vorbei. Er sah sich selbst vor dem ausgehobenen Grab stehen. Stimmen hinter ihm riefen unentwegt:

»Du müsstest dort liegen.«

»Mörder, du hast ihn auf dem Gewissen.«

Eine Frauenstimme, besonders eindringlich: »Du wirst dafür bezahlen, du Monster, du Bastard.«

Die Szenarien spielten sich vor seinem geistigen Auge ab, als wäre er der Kameramann, der all dies für die Nachwelt einfängt. Wieder sah er sich selbst. Der Rücken ihm zugewandt und der Kopf geneigt. Schuldig, kraftlos und verzweifelt. Er starrte in das Loch, sein Blick von dem glänzenden schwarzen Sarg gefangen. Plötzlich ein Schrei. Die Szene wechselte in das Wrack des VW Polo und zu seinem aufgespießten Freund. Daniel schrie noch ein letztes Mal auf, bevor sein lebloser Körper erschlaffte. Erneut sah Christian sich selbst über die Schulter. Ein lautes Pochen, Klopfen und Kratzen drang aus dem Sarg. Schlagartig war der Deckel einfach verschwunden. Christian sah sich hineinschauen und hörte seinen eigenen Aufschrei. Im Sarg lag nicht Daniel, sondern er selbst, mit durchbohrter Brust. Langsam füllte sich das Grab mit dickflüssigem Blut und ertränkte ihn darin. Die

Kamera blendete auf die männliche Gestalt, die gebannt in die endgültige Ruhestätte hinabstarrte. Behäbig drehte sie den Kopf und Christian bekam den Eindruck, als würde sie ihn direkt, wie aus einem Fernsehbildschirm heraus, anstarren. Er blickte in Daniels leichenblasses Gesicht. Drohend hob er den Arm und zeigte mit dem Finger auf ihn. »Mörder.«

5

»Schatz, es tut mir wirklich leid, aber ich schaffe es erst heute Abend wieder zurück. Und du weißt ja, ich muss früh raus. Ist bei dir alles okay?«

»Ja, mach dir keine Sorgen, alles in Ordnung. Wir sehen uns morgen Abend«, log Christian sie bewusst an. Es lag ihm nicht nur daran, ihr gegenüber Stärke zu wahren. Ihm war es lieber, mit Tim zusammen herauszufinden, was vor sich ging. Außerdem wollte er Martina nicht unnötig in Gefahr bringen.

Nach den seltsamen Erinnerungen war sich Christian seiner Sache nicht mehr sicher. Wenn das keine Träume waren, vielleicht handelte es sich dann um Visionen eines verrückt gewordenen Verstandes. Aber konnte das wirklich möglich sein? Sollte es sich tatsächlich *nur* um Halluzinationen handeln, würde diese Nacht mit Tims Hilfe möglicherweise das erhoffte Licht im Dunkeln sein.

Christian dachte an den Rat seiner Freundin, den Psychologen aufzusuchen. Er traf die Entscheidung, das auf jeden Fall zu tun. Zumindest, wenn sie herausfanden, dass seine grauen Zellen ihm hier einen Streich spielten.

Auf Tim war wie immer Verlass, bereits vor Ablauf der angekündigten Stunde war er wieder zurück. Neben einer Tasche mit Ersatzkleidung brachte er einen Schlafsack und die Luftmatratze mit, die standardmäßig zu seiner Party- und Konzertausrüstung gehörten. Derartige Dinge lagen stets griffbereit im Kofferraum.

»Man muss auf alles vorbereitet sein«, sagte er grinsend und stellte die Sachen im Flur ab. »Man weiß ja nie, wo es einen hin verschlägt oder ob auf Tour jede Hotelbuchung klargeht. Du würdest es nicht für möglich halten, was schieflaufen kann. Aber lassen wir das, ich will dich nicht neidisch machen.«

Der Humor in Tims Worten erreichte Christian kaum. Er rang sich ein gekünsteltes Grinsen ab, obwohl er eigentlich gar nicht richtig zugehört hatte. Stattdessen berichtete er Tim von den seltsamen Erinnerungen.

»Es ist schon komisch. Wenn ich an die Beerdigung denke, besonders an das Verhalten von Daniels Familie … dann …«

»Was dann?« Christian verstand nicht, worauf sein Freund hinaus wollte.

»Na ja, sie beschimpfen dich vor seinem Grab als Mörder und geben einzig dir die Schuld an seinem Tod. Setzen dir so zu, dass du zusammenklappst. Und plötzlich hörst du in der Nacht Stimmen, die dir genau dieselben Vorwürfe machen.«

»Du meinst also, dass ich mir das alles nur einbilde? Dass meine Schuldgefühle sich auf diese Art manifestieren?«

Tim klopfte ihm versöhnlich auf die Schulter. »Ich meine gar nichts. Ich sammle nur Fakten. Wir werden der Sache auf den Grund gehen, oder?«

»Ja Mann, tut mir leid, dass ich schon wieder so gereizt reagiere, aber ich fühle mich gerade echt überfordert.«

»Das ist verständlich. Bleib locker, nach der Nacht wissen wir mehr. Und? Was machen wir bis dahin? Zocken wird ja wohl nichts, nachdem dein Fernseher so leidenschaftlich mit dem Boden rumgemacht hat.«

»Gute Idee. Ich habe meine alte Kiste irgendwo in der Kammer verstaut. Wollte ihn eigentlich längst ins Internet stellen. So hat alles seinen Sinn.« Er öffnete die Abstellkammer neben der Eingangstür und holte einen etwas kleineren Flachbildschirm hervor. Das Gerät war top und garantiert nicht alt, jedoch hatte Christian, was die Größe betrifft, einfach andere Vorstellungen. Und da Filme und Videospiele nun einmal sein Hobby waren, konnte die Flimmerkiste gar nicht gewaltig genug sein.

Sein karger Lehrlingslohn hätte für solche Spielereien nicht ausgereicht, aber da war ja noch die Vollwaisenrente, die er bis zum Ende der Ausbildung erhalten würde. Finanziell ging es ihm wesentlich besser als den meisten Azubis im dritten Lehrjahr. Seine Eltern waren in einem Abstand von nur einem Jahr beide an Krebs gestorben. Die Ärzte erzählten ihm damals, dass auch tief sitzender Kummer ein möglicher Auslöser für diese Krankheit war. Und nachdem Iris Lempke ihren Mann hatte sterben sehen, war sie möglicherweise vor Kummer und Gram erkrankt.

In der Tat waren Iris und Holger ein Traumpaar. Bereits in der Schule hatten sie zueinandergefunden und schon mit neunzehn Jahren geheiratet. Es gab in ihrer Ehe nicht einen ernsthaften Streit, was Freunde und Bekannte ihnen nie so recht abkauften. Sie waren füreinander bestimmt, bis dass der Tod sie schied. Dementsprechend harmonisch war Christian aufgewachsen. Seine Eltern waren stets für ihn da, hatten immer ein offenes Ohr für seine Probleme. Als sie starben, starb auch ein Teil von ihm.

Er ließ sich trotz der traurigen und widrigen Umstände nicht hängen und tat sein Möglichstes, um auf eigenen Beinen stehen zu können. Was ihm recht gut gelang. Zwar war es nicht sein Lebenstraum, den ganzen Tag auf Gerüsten herumzuklettern oder schwere Säcke und Eimer durch die Gegend zu tragen, doch der Job gab ihm immerhin ein wenig Halt und Beständigkeit. Sein Chef hatte ihm schon vor Wochen mitgeteilt, dass er ihn als Geselle übernehmen wird, sofern er die Prüfung schafft. Bis dahin war allerdings noch ein Dreivierteljahr Zeit. Wenn sich nun herausstellen würde, dass er den Verstand verliert, spielte all das sowieso keine Rolle mehr.

Er hievte das Fernsehgerät aus der Kammer. Tim nahm ihn an und bewegte sich damit Richtung Wohnzimmer.

»Ich schätze, wir müssen hier erst mal Ordnung schaffen, was?«

»Wäre angebracht. Da hast du wohl recht.« Achselzuckend sah sich Christian im Zimmer um. »So ein Chaos hatten wir nicht mal nach der krassesten Party.«

Tim grinste und krempelte sich symbolisch die Ärmel hoch. »Ich helfe dir, dann haben wir das schnell im Griff.«

In nicht einmal einer halben Stunde waren die Scherben beseitigt, die Schränke wieder eingeräumt und der zerstörte Fernseher zunächst in die Abstellkammer verfrachtet. Das alte Gerät war im Handumdrehen angeschlossen. Tim konnte nicht so ganz nachvollziehen, warum sich Christian einen anderen kaufen musste. Für ihn war der Größenunterschied kaum auszumachen. Er schloss die Spielkonsole an. Sein Blick streifte Christians streng limitierte Wanduhr mit dem Evil-Dead-Motiv, auf die er so stolz war.

»Hey, deine Uhr geht nicht. Solltest mal neue Batterien reintun, das verwirrt irgendwie.«

Christian hatte sich gerade noch an einem der Schränke zu schaffen gemacht. Er drehte sich zur Fernsehwand um und ein eisiger Schauer durchfuhr ihn. »Oh Fuck!«, entfuhr es ihm. »Ich … Moment mal …« Mitten im Satz brach er ab und rannte ins Schlafzimmer. Aus dem angrenzenden Raum war ein weiteres Fluchen zu hören, dann sah Tim seinen Freund in die Küche spurten. Als er zurückkam, war er schneeweiß im Gesicht. »Sie sind alle stehen geblieben. Genau um einundzwanzig Uhr.«

»Das ist ungewöhnlich. Ein Stromausfall kann ja nicht verantwortlich sein, wenn sie batteriebetrieben sind«, antwortete Tim mit wissenschaftlichem Scharfsinn.

Christian warf sich in den Sessel. »Das ist nicht *ungewöhnlich*, das ist unheimlich. Sogar mehr als unheimlich.«

»Aber nicht unmöglich …«
»Alter, du verstehst nicht. Daniel … der Unfall … er ereignete sich gegen einundzwanzig Uhr.«

6

Silvia Ressmer kniete vor dem Grab ihres Sohnes. Der unaufhörliche Tränenfluss hatte ihre Augen aufgequollen. Die Kummerfalten in ihrem Gesicht schienen sich täglich zu vermehren und immer tiefer in ihre Haut zu fräsen. Als wollten sie den grenzenlosen innerlichen Schmerz sichtbar in die Welt hinausschreien. Daniels Mutter war allein. Sie verbrachte fast doppelt so viel Zeit auf dem Friedhof wie ihr Mann Ulrich. Abgesehen von ihr selbst, war niemand weit und breit auf dem Gottesacker zu sehen. Sogar die Vögel schienen einen Schweigemoment der Trauer eingelegt zu haben. Lediglich das Geräusch des Windes, der neckisch mit den Blättern der alten Eiche spielte, war zu hören. Im Normalfall hätte das sanfte Rascheln zwischen den Zweigen eine beruhigende Wirkung auf Silvia gehabt. Sie war sehr naturverbunden und hatte hier in der Vergangenheit stets Ruhe und Ausgeglichenheit gefunden. Es war der größte Baum auf dem Friedhof, in dessen Schatten die Begräbnisstätte ihres einzigen Sohnes lag. Sie hatte den Platz bewusst ausgesucht, eben wegen jenes Baumes, der scheinbar schützend und trostspendend seine Krone über Daniels Grab ausbreitete.

Die unzähligen Kränze fingen bereits an zu welken, was sicherlich dem wechselhaften Aprilwetter zuzuschreiben war, welches den Mai noch nicht annehmen konnte. Auf nahezu jeder Trauerschleife las Silvia seinen Namen. Und jedes Mal jagte es ihr einen glühenden Pflock durch das ohnehin schon gebrochene Herz.

Sie erinnerte sich an ihre vielen Kirchgänge und die häufigen Gespräche mit dem Gemeindepfarrer Hartmut Groschel, der mehr von ihren Sorgen und Nöten erfuhr als Silvias Ehemann. Nun fragte sie sich ernsthaft, ob ihr Glauben sie blind für das wahre Leben gemacht hatte. All das, was sie über diesen ach so *barmherzigen* Gott zu wissen glaubte, löste sich in einem Tränenmeer der Verzweiflung auf. *Gottes Gnade*, *Gottes Liebe*, ging es ihr durch den Kopf. »Was für ein Haufen gequirlter Scheiße.« Es war nur ein leises Zischen, das über ihre Lippen kam. Kaum verständlich, da sie die Zähne in ihrem Schmerz und ihrer überschäumenden Wut so fest zusammenbiss, dass es bereits knirschte.

Silvia fischte eine alte, sehr abgegriffene Bibel aus ihrer Handtasche. Fast zwanzig Jahre hatte sie das Buch der Bücher stets mit sich herumgetragen. Nun starrte sie den schwarzen Einband an, als hielte sie etwas Lebensgefährliches oder Verwerfliches in den Händen. »Was bist du nur für ein Gott? Was gibt dir das Recht, mir meinen Sohn zu nehmen?« Glücklicherweise war nach wie vor niemand in der Nähe, der ihre lauter und aggressiver werdende Stimme hätte hören können. »Glaubst du, es ist dein Recht, weil sie dir DEINEN Sohn genommen haben? Ich habe zu dir gebetet, mein ganzes Leben lang. Und wozu? So erhörst du mich? *Das* ist deine Antwort auf ein Leben im Sinne des Glaubens?« Sie redete sich immer mehr in Rage, die Tränen liefen in endlosen Bahnen ihre geröteten Wangen hinunter und tropften auf die Bibel. »Weißt du was? Ich bin fertig mit dir, du sadistisches Schwein.«

Hätte jemand ihr vom Hass zerfressenes Gesicht gesehen, hätte er sicher vermutet, sie wäre von einem Dämon besessen. Spätestens jedoch in dem Moment, als Silvia die Seiten herausriss, sie zusammenknüllte und sich mit der Flamme ihres Feuerzeugs dem Papier näherte. »Zur Hölle mit dir!« Silvia berührte mit der anderen Hand eine der Trauerschleifen und fuhr mit dem Finger die Buchstaben des eingestickten Namens nach. In dem Augenblick zeichnete sich ein gehöriger Funken Wahnsinn in ihr leidiges Antlitz. »Wenn ich mit diesem Christian abgerechnet habe, bist du dran. Hörst du mich, Gott? Dann bist DU dran. Ich hasse dich!«

7

Als die Batterien gewechselt waren, liefen die Uhren wieder richtig. Tim konnte sich keinen Reim darauf machen. Die für ihn einzig plausible Lösung des Rätsels: Christian war dafür verantwortlich. Unbewusst – selbstverständlich. Denn Tim ging nicht davon aus, dass er hier einem makabren Scherz zum Opfer fiel. Seine Vermutung war tatsächlich dahingehend, dass Christians Schuldgefühle ihn verwirrt hatten und er unterbewusst all die Vorfälle selbst verursachte. Sollte diese logische Überlegung zutreffen, wäre es wohl Tims Aufgabe, Christian zu überzeugen, sich in professionelle Hilfe zu begeben. Sein Freund hatte schon erwähnt, dass Tina ihm das seit Tagen nahelegte. Er sträubte sich jedoch mit den Worten: »Ich bin nicht verrückt!« Allerdings würden das wahrscheinlich alle Geisteskranken sagen, wenn sie sich darüber selbst nicht bewusst sind. Oder aber sie fürchteten die daraus resultierenden Konsequenzen. Ist es nicht wie bei vielen Alkoholikern? Die Leugnung bestätigt nicht selten den Selbstbetrug? Obwohl

Tim sich bereits Jahre mit mysteriösen und okkulten Dingen beschäftigte, konnte er bisher keine Anzeichen bei Christian entdecken, die ihn in diese Richtung hätten denken lassen.

Keiner der beiden sprach weiter über das Uhrenrätsel. Sie hatten sich vor den Fernseher gehockt und duellierten sich eine ganze Weile auf den virtuellen Pisten eines Snowboard-Spieles. Nach einigen Stunden vor der Konsole schien das eigentliche Thema fast in Vergessenheit geraten. Sie waren einfach zwei Kumpel, die einen entspannten Spieletag eingelegt hatten. Sie lachten, sie fluchten, sie unterhielten sich über die Vorzüge der verschiedenen Autotypen, nachdem sie letztendlich doch bei den Rennspielen gelandet waren. Erst als es draußen dunkel wurde, kam die geschickt verdrängte Erinnerung zurück. Christian blickte durch das Fenster zum schwindenden Tageslicht und ein Kloß der Beklemmung wuchs in seinem Hals.

Tim nahm den Stimmungswechsel sofort wahr und klopfte ihm auf die Schulter. »Entspann dich, wir werden schon rausfinden, was mit dir los ist.«

Auf Christians Stirn bildete sich eine Kummerfalte. »Siehst du, da ist es wieder. Genau wie Tina gehst du unterm Strich davon aus, dass ich verrückt bin.« Es war nicht so, dass er sich über die Aussage aufregte, aus seiner Stimme klang eher eine gewisse

Traurigkeit und Enttäuschung. »Glaubst du wirklich, ich bilde mir das alles nur ein?«

Tim seufzte. »Kumpel, ich weiß es nicht, es klingt zunächst erheblich plausibler.«

»Und das aus dem Mund eines Grufti-Rockers mit Affinität fürs Okkulte. Ich bin ziemlich enttäuscht von dir.« Er beugte sich zur Spielkonsole und wechselte die Disc. »Eine Runde ballern?«

»Klar, warum nicht? Noch mal zum Thema: Ich habe nie gesagt, du wärst verrückt. Wäre es nicht denkbar, dass dein Unterbewusstsein dir einen Streich spielt? Dass es auf die Art und Weise versucht, den Tod von Daniel zu verarbeiten?«

Christian schaute stur auf den Bildschirm und gab lediglich ein »Hmmm« von sich. Dieser Laut sollte Tim signalisieren, dass er die Möglichkeit ausschloss und nicht weiter darüber reden wollte.

Tim beließ es dabei und blickte auf die Uhr. »Vielleicht solltest du dich bald mal aufs Ohr hauen. Wir wollen doch sehen, was um einundzwanzig Uhr geschieht, wenn du pennst.«

Christian sah auf die Zeiger und nickte. »Ich hoffe, ich kann einschlafen. Ist ziemlich früh für mich. Und die Angst vor dem, was geschehen könnte, macht es nicht leichter.«

»Ich drück dir die Daumen. Falls es nicht klappt, muss ich dir ein Schlaflied singen oder dich bewusstlos schlagen.« Er starrte Christian tief und drohend in die Augen. Schließlich konnte er nicht länger ernst bleiben und lachte laut los.

»Ich hätte es dir fast abgekauft, du Rocker. Sagt man Gruftis nicht nach, dass sie immer depressiv sind? Du bringst die Klischees ins Wanken, du Kasperkopf.«

Sie alberten noch ein wenig rum, was sicher auch dem Überspielen von Christians Furcht zuzuschreiben war. Dann ließen sie das Rollo hinunter und löschten das Licht. Lediglich der Fernseher blieb eingeschaltet. Tim beschäftigte sich mit einem Sportspiel, während sein Freund versuchte, ins Land der Träume zu gleiten. Es fiel ihm leichter als erwartet. Möglicherweise lag es an dem Stress oder aber an dem doch erheblichen Sicherheitsgefühl, das ihm Tims Nachtwache gab.

Eine halbe Stunde später erfüllte nur noch Christians Schnarchen den Raum. Den Ton des Fernsehers hatten sie ausgestellt, damit er einschlafen konnte. Tim musste feststellen, dass es sehr ermüdend auf ihn wirkte, ohne Ton in einem dunklen Raum Fußball zu spielen. Zumal die Computergegner keine Herausforderung mehr für ihn darstellten. Er hämmerte wie automatisiert auf die Tasten des Controllers und schoss ein Tor nach dem anderen. Dass seine Augen dabei immer schwerer wurden, registrierte er nur beiläufig. Als sie schlussendlich ganz zufielen und ihm das Gamepad aus den Händen rutschte, war auch er in einen tiefen Schlaf gefallen. So bemerkte er nicht, dass die Zeiger der Evil-Dead-Uhr bereits seit geraumer Zeit auf einundzwanzig Uhr verharrten.

Ein spitzer Schrei riss Tim gewaltsam aus der kurzen Nachtruhe. Und noch ehe er realisieren konnte, dass er seine Aufgabe wachzubleiben nicht erfüllt hatte, packte ihn das nackte Entsetzen. Schlagartig verwandelten sich die Mutmaßungen über Christian in eine schaurige Wahrheit. Tim war zunächst wie paralysiert von dem Anblick, der sich ihm bot, als er sich den Schlaf aus den Augen gerieben hatte. Dass *er selbst* gerade träumte, konnte er ausschließen. Christian schwebte inmitten des Wohnzimmers, etwa eine Beinlänge über dem Boden. Er hatte alle viere von sich gestreckt, wurde von einem bläulichen Nebel eingehüllt und schrie. Ob vor Angst oder vor Schmerzen war nur zu vermuten.

Stimmen schienen durch den Raum zu wandern, als kämen sie aus einer hochwertigen Surround-Anlage, die mit ihrem Klang jeden kleinsten Winkel des Zimmers perfekt beschallte. Zu hören war ein stetig vorbeizischendes Wispern, dessen Worte Tim nicht verstehen konnte. Es herrschte eine Kälte, als hätte der Winter in Christians Wohnung Einzug gehalten. Stille. Tims Herz schlug bis zum Hals. Und dann – ein wahnsinnig lauter Knall, verursacht durch die zugeschlagene Wohnzimmertür. Der Schock beschleunigte Tims Herzschlag. Er benötigte einen Moment, bis er sich einigermaßen sammeln konnte.

Er stand aus dem Sessel auf und wollte seinem Freund zu Hilfe eilen. Doch kaum war er auf den Beinen, warf ihn eine unsichtbare Macht mit aller Gewalt zurück. Der blanke Horror war in sein Gesicht gemeißelt. Er begann zu zittern und Angstschweiß drang aus jeder Pore seines Körpers. Er probierte es erneut. Wieder wurde er zurückgeworfen. So heftig, dass Tim mitsamt dem Sessel bis zur Zimmertür rutschte.

»Verdammte Scheiße! CHRISTIAN!« Er sah, wie sein Freund sich an den Hals fasste. Ein erstickter Hilfeschrei gab Tim die Kraft, es noch einmal zu versuchen. Er sprang auf. Dieses Mal gelang es ihm. Mit zwei großen Hechtsprüngen war er bei seinem Freund. Er packte dessen Bein, um ihn aus dem Nebel zu ziehen. Im selben Augenblick ging der unheimliche blaue Dunst auf ihn über und Christian fiel zu Boden. Er hustete und schnappte wild nach Luft. Die unsichtbare Macht hatte ihn ohne Unterlass gewürgt. Die Todesangst wich nur langsam, während sich seine Aufmerksamkeit Tim zuwandte.

Die Wolke hüllte Tim nun gänzlich ein, seine Pupillen drehten sich nach innen, bis lediglich das Weiße zu sehen war. Der Körper begann unkontrolliert zu zucken und war plötzlich mit einer einzigen, kaum wahrnehmbaren Bewegung neben Christian. Es wirkte fast so, als käme er auf Rollen an ihn herangefahren. Seine Beine hatten sich keinen Millimeter bewegt.

Tim hatte die Gewalt über seinen Körper verloren. Etwas anderes, etwas Fremdartiges, Kaltes hatte die Kontrolle übernommen. Er bekam all dies bewusst mit, fühlte sich jedoch außerstande, sich zur Wehr zu setzen. Einer Marionette gleich, deren Fäden ein anderer zog, streckte Tim die Arme aus und packte Christians Hals. Er riss ihn mit einer schnellen Bewegung wieder auf die Beine und zog ihn näher an sich heran. Als Tim zu Christian sprach, war es nicht mehr seine eigene Stimme. Es war die von Daniel. Verzerrt, wie Christian es aus unzähligen Horrorfilmen kannte. Die Frostschauer, welche seinen ganzen Körper einhüllten, schienen bis tief in die Seele zu dringen.

»Glaubst du wirklich, dass du damit durchkommst? Glaubst du, deine Taten bleiben ungesühnt? Auge um Auge, ein Leben für anderes

Leben.« Tims Hände verstärkten ihren Griff und würgten Christian, bis er blau anlief. »Mörder!«, fauchte die Horrorstimme.

Christian schlug unkoordiniert um sich, versuchte sich aus dem Todesgriff zu lösen, der kurz davor war, ihm die Kehle zu zerquetschen. »T…i…m! … Bit…te!«, sein Flehen war kaum mehr verständlich und kostete ihn die letzten Kraftreserven. Schließlich verlor er das Bewusstsein.

Als Christian Lempke die Augen aufschlug, lag er auf dem Boden seines Wohnzimmers. Durch die kleinen, schmalen Schlitze des Rollos drangen feine Lichtstrahlen ins Zimmer. Instinktiv fasste er sich an den Hals und hustete. Dann sah er seinen Freund neben sich liegen. »Tim? Tim! Wach auf!« Christian rüttelte mit beiden Händen an Tims Schultern. Endlich öffnete er langsam die Augen.

»Was? Chris? Oh mein Gott … geht es dir gut?« Schnell hatte sich Tim aufgesetzt und starrte Christian entsetzt an.

»Ja, ich denke schon. Dein Versuch mich umzubringen war scheinbar erfolglos.«

»Alter, das war ich nicht! Und das weißt du. Ich habe alles mitbekommen, aber ich konnte mich nicht dagegen wehren.«

»Glaubst du mir jetzt?«

»Machst du Witze? Ich war heute Nacht von einem Dämon besessen.«

»Das war kein Dämon. Es war Daniel und er will Rache.«

Tim stand auf. Er lief planlos im Raum auf und ab und zupfte an seinem Ziegenbart herum, als wolle er ihn sich vom Kinn reißen. »Das ist unmöglich, absolut unmöglich. Vielleicht haben wir …«

»… geträumt? Mann, hör endlich mit diesem Scheiß auf. Wir haben dasselbe gesehen. Wir haben weder geschlafen noch geträumt und schon gar nicht sind wir alle beide verrückt geworden.«

Tim schrak zurück und starrte entsetzt auf den Hals seines Freundes. »Alter … war ich das?«

Christian ging in den Flur und betrachtete im großen Garderobenspiegel das blauviolette Farbspiel, welches deutlich Tims Finger nachzeichnete. Tim kam mit einem leidigen Gesichtsausdruck dazu. »Es tut mir leid, wirklich. Ich weiß nicht, was da in mich gefahren ist.«

»Wie oft denn noch? Daniel! Und er wird nicht eher ruhen, bis ich ebenfalls tot bin.«

»Weißt du eigentlich, wie absurd das klingt? Klar, ich beschäftige mich schon lange mit solchen Dingen, aber das hatte für mich immer so einen morbiden Märchencharakter. Ich fand es cool, von

Geistern und Dämonen zu lesen oder darüber zu singen.«

Christian musste tatsächlich ein wenig grinsen, als er den Spruch aus dem Film *Matrix* zitierte: »Tja Alter, willkommen in der Wirklichkeit. Was tun wir jetzt? Warten, bis der Geist dieses Irren mich erledigt? Abhauen? Aber wohin? Würde das einen Unterschied machen?«

Beide liefen gleichzeitig, wie verabredet, in die Küche und Christian setzte erst mal einen Kaffee auf. Tim nahm direkt Platz, er hatte das Gefühl, Pudding in den Beinen zu haben und stand augenscheinlich noch ziemlich unter Schock.

Christian wiederholte seine Frage: »Was nun?«

Tim gab sich alle Mühe seine Gedanken zu sammeln, die Antwort kam jedoch spontan, ohne den Umweg durch die überforderten Synapsen. »Vera.«

»Wer zur Hölle ist Vera?«

»Vera Lubitsch. Sie bezeichnet sich selbst als *weiße Hexe*.«

Christian sah ihn fragend an, während er etwas Milch in die Tassen kippte. »Eine Hexe? Geister und Hexen … ich glaube, wir sind in einem richtig schlechten Film gelandet. Ist das dein Ernst?«

»Ja Mann. WENN uns jemand helfen kann, dann sie. Sie hat Erfahrung mit echter Magie und

diesem ganzen Kram.«
»Tim, ehrlich … jetzt klingst DU wie ein Irrer.«

8

Ich weiß, wie mies sich das im Moment für dich anhören wird, aber ich muss kurz weg. Es gibt Probleme wegen der Tour, deshalb ist ein spontanes Bandmeeting angesetzt worden. Es ist wirklich wichtig, auch wenn ich ein schlechtes Gewissen habe, dich nach alldem allein zu lassen«, hatte Tim gesagt. »Ich bin so schnell wie möglich zurück. Zwei, maximal drei Stunden. Und ich habe gerade mit Vera geschrieben. Sie ist sehr interessiert an dem, was hier geschieht. Zeit hat sie. Wir haben ausgemacht, dass ich sie nach dem Bandtreffen abhole.« Mit den Worten hatte er Christian zurückgelassen. Allein in seiner unheimlichen Wohnung, die zu genau *dem* geworden war, was er in unzähligen Filmen immer so *cool* gefunden hatte. Das hatte sich in den letzten drei Nächten geändert. Sogar der Gedanke, sich noch mal einen dieser Streifen anzusehen, verursachte in ihm ein Gefühl von Unbehagen und Beklemmung. Wenn er das hier heil überstehen sollte, so nahm er sich vor, könnte der Erlös der Sammlungsauflösung ihm bestimmt ein neues

Auto bescheren. Wenngleich die Aussicht auf den Straßenverkehr momentan keine guten Emotionen in ihm auslöste.

Er hatte das Haus seit Tagen nicht verlassen, was ihm in diesem Moment selbst merkwürdig erschien. Würde nicht jeder normale Mensch Reißaus nehmen, wenn es in der Wohnung spukt? Was hielt ihn nur davon ab? Christian verstand es nicht, doch es war ihm unmöglich, ernsthaft an eine Flucht zu denken. Fast so, als kontrolliere jemand seinen Kopf, um das zu verhindern.

Er trottete in die Küche und goss sich einen weiteren Kaffee ein. Nachdem er seinen Laptop aufgeklappt hatte, gab er in die Suchmaschine Worte wie *Geister, Spuk, Paranormales …* ein. Die meisten Informationen schienen blanker Unsinn zu sein. Sensationsjournalismus, der mit reißerischen Überschriften lockte. Das Ziel war, Klicks auf entsprechenden Seiten zu ergattern, auf denen man dann schnell von unzähligen Werbefenstern erschlagen wurde, die nacheinander aufsprangen. Laut Wikipedia wurde *Spuk* als wissenschaftlich unerklärte, unheimliche Erscheinung definiert. Das traf für Christian nicht einmal annähernd ins Schwarze. Denn was hier vonstattenging, war wesentlich mehr als eine *unheimliche Erscheinung. Angriff* traf es wohl eher. Das Internet bot eine unüberschaubare Menge an Berichten über sogenannte Erscheinungen. Jedoch war nichts zu finden, bei dem jemals ein Mensch durch ein Spukphänomen zu Schaden gekommen wäre. Einige Seiten bezeichneten Spuk als eine Störung des Gehirns, was in Christian erneut die Frage aufkommen ließ, ob er nicht doch verrückt geworden war.

Aber wie um alles in der Welt passte Tim in das Konstrukt? Er hatte es miterlebt, er war dabei. Schlimmer, der Geist hatte sich seiner bemächtigt, um Christian zu erwürgen. Im Grunde handelte es sich um ein wahres Wunder, dass er noch lebte, denn Tim war schon immer um etliches stärker als er selbst gewesen. Warum also war sein Plan nicht aufgegangen? Vielleicht war Tim ebenfalls nur ein Teil seiner Halluzinationen? Wenn man sich einen Geist einbilden kann, der einen töten will, warum dann nicht auch einen realen Menschen? Diese Überlegungen trieben ihn an den Rand der Verzweiflung. Was, wenn wirklich alles, was passierte, nur ein fieser Streich seines Unterbewusstseins war? Wie konnte er sich überhaupt *irgendeiner* Sache sicher sein?

Er blieb auf einer Internetseite hängen, die sich mit dem Begriff *Poltergeister* befasste. Umherfliegende Gegenstände, Klopfgeräusche, Kältestellen, Stimmen und die Sache mit den Glühbirnen und elektrischen Geräten passten ziemlich gut auf die Ereignisse. Doch in vielen anderen Punkten wichen die Definitionen weit von dem Erlebten ab. Es schien fast so, als träfen sich in seiner Wohnung diverse Arten von Mysterien mit der Absicht, etwas Neues zu erschaffen. Etwas Neues, das sich offenbar Christians Tod zum Ziel auserkoren hatte. Oder seinen Wahnsinn. Bei diesem Gedanken wünschte er sich sogar, dass er lediglich den Verstand verloren hatte. Es war verlockend, eine Lösung des Rätsels mit der Hilfe einiger Pillen und von ein paar Therapiesitzungen zu finden.

Die Türklingel riss ihn aus den düsteren Überlegungen. Während er in den Flur trottete, nahm er den verletzten Fuß gar nicht mehr wahr. Er dachte noch, dass Tim unmöglich schon zurück sein konnte, was sich auch bewahrheitete. Nicht sein Freund, sondern Martina erschien auf dem Treppenabsatz. Sie fiel Christian um den Hals.

»Gott sei Dank, du bist okay. Ich habe mir nach deinem Anruf richtig Sorgen gemacht.«

Christian stieß sie ein Stück von sich weg und schaute ihr so tief in die Augen, als wolle er eine Lüge darin aufdecken. »Sag mal, spinnst du? Wollt ihr mich jetzt alle verarschen? Ich habe weder Tim noch dich angerufen.«

»Doch, das hast du. Heute Nacht. Und du

klangst ziemlich aufgelöst und ängstlich.«

Christian trat einige Schritte zurück in seinen Flur. »Was soll das alles? Was habt ihr vor? Wer hat sich diese Scheiße ausgedacht?«

»Schatz, du hast Probleme. Du solltest dir unbedingt helfen lassen. Ich habe bereits mit Dr. Lessing telefoniert und einen Termin für dich gemacht. Du kannst ihm wirklich vertrauen, er ist der Onkel von Nadine.«

Christian wurde immer wütender. »Na, das habt ihr ja fein ausgeheckt. Na klar, schieben wir den Irren in die Klapsmühle ab. Und seit wann ist der Typ der Onkel deiner Freundin? Das hast du mir NICHT erzählt. Habt ihr euch den Plan bei einem eurer Zickentreffen überlegt?«

Martinas Gesicht wurde ganz blass und betonte die zahlreichen Sommersprossen dadurch umso mehr. »Nein, Himmel, was denkst du denn von mir? Ich will dir helfen.« Christians Blicke durchbohrten sie regelrecht. Da war sie wieder, diese Wut, die angestaute Aggression, mit der sie einfach nicht zurechtkam. »Wenn du Schluss machen willst, dann tue es und zieh hier nicht so eine geisteskranke Show ab. Allein schon wegen deiner Aggressivität solltest du dich dringend auf die Couch legen.« Da die Wohnungstür noch immer offenstand, hallte das nunmehr recht laute Geschrei durch den

Hausflur. Martina sah ihn nun genauso hasserfüllt an.

Christian konterte: »Weißt du was? Ja, das ist eine hervorragende Idee. Lass uns das Ganze jetzt beenden. Ich brauche keine nervtötende Frau, die mich für verrückt hält. Vielleicht unterhältst du dich ja mal mit Tim. Er hat es heute Nacht selbst miterlebt. Der Geist von Daniel hat Besitz von ihm ergriffen und seinen Körper benutzt. Um ein Haar hätte er mich erwürgt.«

Martinas Augen verzogen sich zu schmalen Schlitzen, die ihre Ungläubigkeit unterstrichen, aber auch davon zeugten, dass sie nachdachte. »Tim? Tim war letzte Nacht hier?«

»Ja. Er ist nur kurz zu einem Bandmeeting, dann kommt er zurück, damit wir den Dingen auf den Grund gehen können.«

»Okay«, erwiderte sie entschlossen, warf die Tür ins Schloss und stiefelte in die Küche, »dann werde ich jetzt einfach hier warten, bis er wieder da ist.«

Tausend Gedanken rasten durch Christians Kopf. Was, wenn der Geist, der Dämon oder wie immer man es bezeichnete, sich seiner Freundin bemächtigte? Mit genau dem Hintergrund hatte er zuvor versucht, sie schleunigst loszuwerden. Er hatte sie schützen wollen, notfalls dadurch, dass er die Beziehung beendete. Doch Martina war nie ein Mensch gewesen, der schnell aufgab. Und er sah es in ihrem Gesicht. Diese ernsthafte Sorge um ihn. Schluss zu machen war nicht wirklich eine Option ihrerseits, eher so etwas wie ein Bluff. Auch wenn der Ursprung, von dem sie ausging, der falsche war, die Angst um ihren Freund war echt und ehrlich. Daran bestand kein Zweifel. Christian beruhigte sich langsam. Die Sorge um ihre Sicherheit verdrängte seine Wut. »Tina, nein. Du musst verschwinden. Es ist hier nicht ungefährlich für dich.«

Sie verschränkte trotzig die Arme vor der Brust. »Ich bleibe. Oder aber ich gehe und du kommst mit.«

»Das ist unmöglich. Es geht nicht.«

»Wie, das geht nicht?«

»Ich habe es probiert. Er lässt mich nicht die Wohnung verlassen. Er lässt es nicht mal zu, dass ich einen klaren Gedanken fasse.«

»Mein Gott, Christian … hörst du dich reden? Weißt du, wie das klingt? Wer sollte dich davon abhalten?«

Christian wurde wieder lauter. »Daniel! Wie oft denn noch? Er macht mich verantwortlich für den Unfall. Und wir wissen alle, dass er jeden Grund dazu hat.«

Der Gesichtsausdruck seiner Freundin war in

diesem Moment selbst für ihn schwer zu deuten. Sie kramte in der Handtasche und zog ihr Handy hervor.

»Was machst du da?«

»Ich rufe Dr. Lessing an und bitte ihn herzukommen.«

Mit einem regelrechten Hechtsprung stürmte Christian vor und schlug ihr das Mobiltelefon aus der Hand. »Zum letzten Mal: ICH BIN NICHT VERRÜCKT!«, schrie er so dröhnend, dass Martina zusammenzuckte.

»Das habe ich auch nicht gesagt. Nur dass du Hilfe brauchst.« Sie tauchte geschickt unter seinem Arm hindurch und griff nach ihrem Handy, das zwischen ihnen auf dem Boden lag.

Christian war außer sich vor Wut. Es war mehr eine Affekthandlung als böse Absicht, dennoch traf seine offene Handfläche ihre Wange, welche sich schnell rötete.

Sie reagierte blitzartig und schlug zurück. »Drehst du jetzt endgültig durch? Du hast recht, du bist nicht verrückt. Du bist vollkommen irre.« Eine dicke Träne kullerte aus ihrem Augenwinkel, während sie ihn hysterisch anschrie. Dann schubste sie Christian zur Seite und wollte aus der Küche rennen.

»Ich bin irre? Ich werde dir zeigen, wie irre ich

bin!« Er warf sich auf sie und riss sie von den Füßen. »Du willst die Wahrheit? Du willst Beweise?« Er hatte sich auf sie gesetzt und hielt ihre Arme am Boden fest.

Martina Bittner hatte zum ersten Mal in ihrem Leben wirklich Angst. Für sie war nun eindeutig klar, dass ihr Freund wahnsinnig geworden sein musste. Sie hatte es die ganze Zeit gewusst. Was jetzt hier geschah, war lediglich die Bestätigung. »Lass mich sofort los!«, fauchte sie ihn an. Die Tränen liefen ihr in langen schmalen Bahnen über die Sommersprossen.

»Du sollst deine scheiß Beweise bekommen. Ich wollte dich beschützen, aber du willst es ja nicht anders haben.« Christian ging in die Hocke, drehte Martina mit einer unsanften Bewegung auf den Bauch und riss ihre Arme auf den Rücken. Mit der einen Hand hielt er ihre Gelenke fest, mit der anderen zog er eine Schublade auf und tastete nach der Rolle Panzerband, die er dort verwahrte.

»Nein, Christian, bitte. Mach keinen Mist. Lass mich los. Es tut mir leid. Ich will dir doch nur helfen.« Sie schrie, weinte und versuchte immer wieder, sich aus seinem Griff zu winden. Dann hörte sie das Geräusch des Klebebandes, welches er von der Rolle zog. Nachdem er ihr damit die Hände hinter dem Rücken fixiert hatte, zog er Martina auf die Beine. »Christian, nein. Was tust du? Lass mich sofort gehen.« Es war kein Geschrei mehr, das aus ihrem Mund kam, sondern ein wehleidiges, kaum verständliches Schluchzen.

»Das ist nur zu deinem Besten.« Christian zerrte sie zu einem der Stühle hinüber und fesselte ihren Oberkörper an die Lehne und ihre Fußgelenke an die Stuhlbeine. Schließlich erstickte er ihr Gewimmer mit einem Klebebandstreifen über dem Mund. »Es tut mir leid, aber du hast es ja nicht anders gewollt. Morgen wirst du dich auf Knien bei mir entschuldigen. Vorausgesetzt wir leben dann noch. So, und nun warten wir auf Tim und die weiße Hexe.«

Innerlich zerrissen und mit entsetzlicher Furcht vor ihrem verrückten Freund, blieb Martina nichts anderes übrig, als zu warten. Warten auf das Ende dieses Wahnsinns, der mit Daniels Tod seinen Anfang genommen hatte.

9

Drei Stunden später klingelte es erneut an Christians Tür. Tim kam mit einer Frau die Treppen hinauf, die man als durchaus attraktiv bezeichnen konnte. Vera Lubitsch sah man ihre fünfunddreißig Jahre nicht an. Sie war eine ungewöhnlich große Frau, die Tim um einen halben Kopf überragte. Bei jedem Schritt schienen ihre pechschwarzen Haare sich liebkosend, einer Umarmung gleich, um die schmalen Hüften legen zu wollen. Man gewann den Eindruck, als hätten sie ein verspieltes Eigenleben. Das Gesicht der Frau wirkte fast jugendlich, wären da nicht diese nahezu grauen Augen gewesen. Sie schrien geradezu heraus, dass sie bereits einiges erlebt und viel gesehen hatten. Als Christian ihr die Hand gab, hatte er das Gefühl, sie würde ihm bis tief in die Seele schauen, um ihn zu analysieren.

»Hallo, Christian. Ich bin Vera.«

»Hallo …«

Sie lächelte. Ihre Ausstrahlung hatte etwas enorm Beruhigendes. »Du brauchst keine Angst zu haben. Wir werden bestimmt eine Lösung für dein …« Sie machte eine dramaturgische Pause und blickte sich im Hausflur um. Sie wollte offenbar vermeiden, dass Nachbarn ihre Worte vernahmen, und fuhr im gedämpften Tonfall fort: »… Problem finden.«

Christian nickte nur und bat die beiden hinein.

Schon beim Übertreten der Türschwelle fielen Tim die merkwürdigen Geräusche auf, die aus Christians Küche drangen. »Was zum …« Er schob seinen Freund zur Seite und ging mit schnellen Schritten an ihm vorbei.

»Hey Tim, ich kann dir das erklären … hör mir zu …«

Doch Tim war bereits in der Küche und hatte Martina erblickt. Gefesselt und geknebelt zappelte sie auf dem Küchenstuhl herum. Verzweifelt probierte sie, durch den verklebten Mund nach Hilfe zu rufen. »Alter, was ist denn hier los? Ich gehe mal nicht davon aus, dass ihr gerade Shades of Grey nachspielt. Also … Warum sitzt Tina festgebunden in der Küche?«

Christian drängte sich zwischen Tim und dem Türrahmen hindurch und baute sich vor Martina auf. »So ist es sicherer für sie. Und für mich. Daniel könnte auch sie benutzen, um mich anzugreifen. Außerdem glaubt sie mir nicht und hält mich für völlig geistesgestört.«

»Kumpel, ehrlich, ich sags nicht gerne, aber wenn ich mich hier so umsehe … Man könnte diese Schlussfolgerung durchaus ziehen. Jetzt binde sie schon los.«

Christians Gesicht verzerrte sich zu einer hasserfüllten Grimasse, die tatsächlich den Eindruck vermittelte, sie gehöre einem Wahnsinnigen an. »Nein! Sag es ihr. Los, erzähle ihr, wie du vergangene Nacht versucht hast, mich umzubringen. Was war da mit dir los? Warst du urplötzlich auch dem Wahnsinn verfallen? Vielleicht ist meine Geisteskrankheit ja ansteckend?«
Christians Worten folgte zunächst ein dumpfes »Mmmmpfh« seiner Freundin, die auf dem Stuhl vergeblich an ihren Fesseln zerrte.

»Er hat recht, Tina. Ich denke, die Option, dass dein Freund hier einfach irre geworden ist, können wir streichen. Ich habe in der letzten Nacht eine Menge Scheiße gesehen.«

Ein Lächeln zeichnete sich plötzlich in Christians Gesicht. Er wandte sich zu Martina um und riss ihr das Klebeband vom Mund. »Hörst du das? Willst du mir jetzt endlich glauben? Oder ist Tim für dich ebenfalls verrückt?«

Martina bewegte ihren Unterkiefer ein wenig hin und her, um das steife Gefühl loszuwerden.

»Tim, du musst mir helfen. Binde mich los, bitte.«

Christians Lächeln erstarb sogleich wieder und er schrie sie voller Zorn in der Stimme an: »Hörst du mir eigentlich zu?« Er verlor die Beherrschung und erhob die Hand gegen sie, doch Tim konnte diese rechtzeitig packen, bevor er tatsächlich zuschlug.

»Alter, reiß dich gefälligst zusammen. Das ist nicht in Ordnung, was du hier tust. Ich werde sie losmachen.«

»Nein, verdammt. Das wirst du nicht tun.« Christian stieß Tim so heftig weg, dass er fast zu Boden fiel. Nur mit großer Mühe und einer Portion Glück konnte er den Sturz abfangen. Sein Blick war von Fassungslosigkeit gezeichnet.

»Chris, ich weiß, wie es dir geht. Ich weiß auch, dass hier gerade eine Menge schräger Dinge passieren. Aber du musst jetzt wirklich mal runterkommen. Wir sind nicht deine Feinde. Wir alle wollen dir nur helfen.«

Noch bevor Christian etwas sagen konnte, meldete sich seine immer hysterischer werdende Freundin zu Wort: »Tim, mach mich los und wir holen den Psychologen her. Ich habe die Nummer von Dr. Lessing im Handy gespeichert. Los, beeil dich! Wir müssen was tun.«

Christians Zornesröte erreichte eine neue

Höchstmarke, doch er kam erneut nicht zu Wort, denn Tim unterbrach ihn bereits nach der ersten Silbe. Er kam auf Christian zu, klopfte ihm auf die Schulter und versuchte ihn zu beruhigen. »Vielleicht hast du recht. Möglicherweise ist es für uns das Beste, wenn sie dortbleibt, bis sie es selber miterlebt hat. Ganz offensichtlich hält sie uns mittlerweile beide für verrückt.«

Vera Lubitsch hatte das Treiben still vom Flur aus beobachtet. Nun hielt sie es für einen guten Zeitpunkt, sich einzumischen. Sie trat in die Küche und begutachtete Martina. »Sie hat Angst. Kann man es ihr verübeln? Ihr bombardiert sie hier mit Gruselgeschichten, die der Feder eines merkwürdigen Schriftstellers entsprungen sein könnten. Was habt ihr erwartet?« Sie strich Martina über die Wange. »Liebes, ich fürchte, ich muss deinen Freunden recht geben. Es wird das Beste für alle sein, dich vorerst nicht loszubinden. Das mag dir vielleicht etwas unkonventionell und wenig sensibel vorkommen, aber glaub mir, es ist effektiv und offenbar absolut notwendig.«

»Wer ist denn diese Schlampe? Was bildet die sich ein? Ihr seid ja alle komplett durchgeknallt. Wenn ich hier rauskomme, rufe ich die Bullen und lass euch alle in die Klapsmühle einweisen.«

Tim und Vera nickten Christian zu. Er verstand die Geste sofort und knebelte seine Freundin wieder. »Danke Leute. Danke, dass ihr mir helfen wollt.«

»Spar dir die Dankesrede lieber für später auf und lass uns erst mal sehen, was wir hier haben. Erzähl mir alles. Lass nichts aus. Ich will jedes noch so unwichtig erscheinende Detail wissen.« Vera setzte sich auf einen der freien Stühle und sah ihn erwartungsvoll an.

»Wo soll ich da anfangen?«

»Am Anfang, ganz am Anfang. Erzähl mir von dem Unfall.«

Christian berichtete, so gut er sich erinnern konnte, über jede Begebenheit, während er mit Daniel unterwegs gewesen war. Angefangen von der Fahrt über die düstere, abschüssige Landstraße bis hin zu seinem Alkoholkonsum. Im Gegensatz zu der polizeilichen Aussage sparte er auch seine Ablenkungen nicht aus, die letztendlich mit zu dem Unfall beigetragen hatten. Er legte erst an der Stelle eine Pause ein, als der Ast das Leben seines Freundes auf so schreckliche Art und Weise beendet hatte.

»Was geschah danach?« Vera zeigte sich als perfekte Zuhörerin. Sie unterbrach ihn nicht und sie wertete seine Worte nicht, sondern blieb sachlich und augenscheinlich emotionslos.

»Ich weiß es nicht genau. Für einen Moment wirkte es, als ob Daniel nur kurz weggetreten wäre, mit offenen Augen eingeschlafen oder so. Seine Augen ...« Auf Christians Stirn bildete sich kalter Schweiß und Tränen wollten sich hinauskämpfen, mit Mühe unterdrückte er sie.

»Was war mit seinen Augen? Christian, habe keine Angst. Du darfst deine Gefühle nicht in dich hineinfressen.«

Er schluckte schwer und rieb nervös seine mittlerweile schweißnassen Handflächen. Christian versuchte sich zu erinnern, aber gleichzeitig die schmerzhaften, unheilvollen Gedanken zu verdrängen. Man konnte den Konflikt unmissverständlich in seinem Gesicht lesen. Ebenso deutlich war zu erkennen, wie sehr es ihn quälte, überhaupt an diesen furchtbaren Tag zurückzudenken.

Eine von Veras herausragendsten Gaben war die unglaublich starke Empathie zu allen Lebewesen. Genau aus dem Grund wirkte sie auf viele Menschen oft unterkühlt und emotionslos, dabei war es nur Veras Schutzschild. Wenn man sich so ausgeprägt in andere hineinfühlen kann, muss man eine Mauer bauen, um sich abzuschirmen. Bereits seit ihrem zwölften Lebensjahr mied Vera Lubitsch große Menschenmengen, da sie dort von Emotionen regelrecht erdrückt wurde. Es hatte Jahre gedauert, bis sie endlich lernte, sich davor zu schützen. »Was war mit Daniels Augen?«, wiederholte sie ihre Frage in einem noch milderen Tonfall und nahm seine Hände in die ihren.

»Sie …« Christian zitterte und konnte die Tränen nicht mehr zurückhalten. »Sie starrten mich an. Es war, als ob der Tod selbst mir bis tief in die Seele schauen würde. In diesem Blick lagen all die Furcht, das Entsetzen und die Schuldzuweisung, die mich seitdem verfolgen. Einen Moment lang dachte ich, er wird gleich wieder lebendig und rächt sich an mir.« Christian löste sich aus ihrem sanften Griff und legte das Gesicht in die Handflächen. Er schluchzte und bebte am ganzen Körper.

»Aber was war mit dir?«, wollte sie wissen. »Dir selbst ist bei dem Unfall nichts passiert? Kein Kratzer?«

»Nur ein paar Prellungen und eine leichte Gehirnerschütterung. Ich war irgendwo mit dem Kopf angestoßen.«

»Was geschah dann?«

»Ich kann mich nur noch an ein helles Licht erinnern. Stimmen, ich glaube von einer Frau. Dann muss ich wohl das Bewusstsein verloren haben.«

Vera spürte, dass es keinen Sinn mehr machte, weiterzubohren. »Ist okay, Christian. Komm erst mal wieder runter. Vielleicht macht Tim uns ja mal einen Tee?« Sie sah fragend zu ihm rüber und reichte ihm drei Teebeutel aus ihrer übergroßen Handtasche.

Als sie das bunte Ungetüm zurück auf den Boden stellte, fiel Christians Blick auf das hölzerne Brett, welches ein Stück hinausragte. »Was ist das denn?« Er wollte danach greifen, aber Vera kam ihm zuvor und zog es aus der Tasche.

»Das ist ein Ouija-Brett. Damit werden wir später Kontakt zu Daniel aufnehmen.«

10

Freitag, 22. April 2005 / 21.05 Uhr

Bist du wahnsinnig? Halt sofort an, wir können doch nicht einfach abhauen!«, schrie Gabriela Hold. Ihr Mann Stefan reagierte nicht so, wie sie ihn bisher zu kennen geglaubt hatte.

Normalerweise war Stefan Hold ein bodenständiger, sehr ausgeglichener Mensch. In dem Moment, da er sich dafür schuldig sah, einen anderen Wagen von der Straße gedrängt zu haben, zeigte er sich plötzlich voller Furcht und erschreckender Feigheit. Die Angst vor den möglichen Konsequenzen schnürte ihm die Kehle zu. »Ich habe nichts getan, ich bin nicht verantwortlich, egal, was da gerade passiert ist. Es ist nicht unser Problem.« Er trat sogar noch fester auf das Gaspedal und jagte den fabrikneuen Volvo XC90 um die nächsten Kurven der stockfinsteren Landstraße.

Vor einer Woche hatte der Softwareentwickler sich seinen Traum erfüllt, endlich einen SUV in der Garage zu haben. Er und seine Frau hatten kein bestimmtes Ziel. Stefan wollte einfach ein bisschen mit dem neuen Wagen durch die Gegend fahren und im Anschluss ein nettes Restaurant suchen. Im Grunde war es die erste längere Fahrt mit dem silbernen Traum. Doch der Abend hatte sich nun zu einem Albtraum gewandelt.

Gabriela griff in ihre Jackentasche und zog ihr Mobiltelefon hervor.

»Was hast du vor?«, fauchte Stefan sie an, als er das Leuchten des Displays aus dem Augenwinkel registrierte.

»Na, was denkst du wohl? Ich rufe die Polizei.«

Stefan riss ihr so schnell das Handy aus der Hand, dass sie nicht rechtzeitig reagieren konnte. Er stopfte es in seine Hosentasche und fluchte lauthals weiter: »Hast du sie noch alle? Typisch Frau! Überleg erst mal, bevor du handelst. Ich arbeite für eine Sicherheitsfirma, was meinst du, was geschieht, wenn diese Scheiße auf mich zurückfällt? Dann heißt es: Arrivederci, Herr Hold. Wir können Ihnen leider kein Vertrauen mehr entgegenbringen. Oder noch übler: Wir landen im Knast wegen Fahrerflucht.«

Gabriela nickte zustimmend. »Du hast völlig recht. Also dreh endlich um. Vielleicht ist ja gar nichts Schlimmes passiert und wir können helfen. Was, wenn der Fahrer unseren Wagen beschreiben kann? Ach, was sage ich hier? Es ist einfach unsere verdammte Pflicht!«

Stefan trat auf die Bremse. Er sah sich um. Weit und breit schienen sie die Einzigen zu sein, die sich zu der Zeit hier herumtrieben. Er stieß einen lauten Wutschrei aus und wendete den SUV, was sich auf der schmalen Straße und bei der schlechten Sicht als ziemlich schwierig herausstellte. Der Graupel prasselte auf die Karosserie und kleine weiße Kügelchen wurden von den Scheibenwischern zur Seite gefegt. Fast entstand der Eindruck, als würde es im April noch einmal schneien. »Ich hasse dich dafür!«, giftete Stefan seine Frau an, die ihn weiter bedrängte.

»Los jetzt, gib Gas.«

Sie mussten nicht besonders weit zurückfahren. Schnell fanden sie die Unglücksstelle. Gabriela sprang als Erste aus dem Wagen, nachdem Stefan ihn an den Randstreifen gefahren und den Warnblinker eingeschaltet hatte. Sie schnappte sich die Taschenlampe aus dem Handschuhfach und leuchtete damit den Abhang hinunter.

»Schatz. Hier. Komm schon. Hier ist es.«

Das Gebrabbel ihres Mannes ignorierte sie komplett und stieg vorsichtig hinab. So steil hatte sie es nicht eingeschätzt und die Feuchtigkeit tat ihr Übriges dazu, dass Gabriela mehrfach ausrutschte. Stefan kam noch langsamer voran, da er nach wie vor mehr Zeit darauf verwendete, vor sich hin zu fluchen. Als schließlich auch er den Halt verlor und gute zwei Meter auf der nassen Böschung nach unten rutschte, war er endgültig bedient und wollte zurückklettern.

In diesem Moment rief Gabriela: »Ich habe es! Oh mein Gott, komm her, schnell!«

»Schnell? Du machst wohl Witze. Ich bin durchnässt bis auf die Knochen. So eine verdammte Scheiße. Wäre ich doch bloß weitergefahren.« Einige Sekunden später blieben ihm weitere Worte im Hals stecken.

Gabriela hielt mit der Taschenlampe auf das, was vor wenigen Minuten mal ein VW Polo gewesen sein mochte. Sie ließ den Lichtkegel über das Autowrack wandern, das aussah, als käme es direkt aus der Schrottpresse. Die Front war komplett von einem umgestürzten Baumstamm zusammengedrückt worden. Die Vorderräder waren nicht mehr auszumachen, die hinteren lagen samt Teilen der Achse ein paar Meter höher. Stefan wäre fast über eines gestolpert, als er sich den Überresten des Wagens näherte. Scheiben waren nirgendwo mehr vorhanden, einzig und allein kleine Reste, die in den Ecken der Rahmen steckten. Gabriela fürchtete sich zwar vor dem, was sie sehen könnte, dennoch richtete sie das Licht auf die Beifahrertür. Sie war stark eingedrückt und die Oberkante stand gefährlich nach außen gebogen ab. Die Dichtungsgummis baumelten trostlos von der oberen Fensterkante herab, als hätten sie ihr Leben ausgehaucht.

Der Lichtstrahl erfasste den Innenraum. Gabriela erstarrte in ihren Bewegungen. Ihr Mund war vor Schreck weit geöffnet. Kein Schrei kam über ihre Lippen. Zu furchtbar war der Anblick, welcher sich ihr bot. Stefan kam zu ihr herübergeeilt.

»Kannst du etwas erkennen? Sag schon, was ist …« Dann registrierten auch seine Augen das Geschehene. Ein dicker Ast hatte sich durch die Front und den Fahrer gebohrt. Das, was vom Inneren des Wagens übrig war, erweckte den Anschein, großzügig mit roter Farbe angestrichen worden zu sein. Es roch nach Blut, Schweiß und Tod. Überall klebten Glassplitter in den roten Lachen.

Gabriela schüttelte sich jäh und musste sich kurz darauf übergeben. Ihr Mann hatte ebenfalls mit dem Bild des Grauens und dem Geruch zu kämpfen. Keiner von ihnen war dazu fähig, irgendetwas zu sagen oder zu tun. Sie schienen zur Salzsäule erstarrt zu sein. Für einen Moment herrschte eine gespenstische Stille. Lediglich der zu normalem Regen übergegangene Niederschlag prasselte sein Klagelied auf das Blätterdach über ihnen. Die Zeit verlangsamte sich. Der Rest der Welt lag in einem diffusen Schleier, während der Strahl der

Taschenlampe sich wie von selbst auf den Beifahrer zubewegte.

Plötzlich durchbrach ein markerschütternder Schrei die Grabesstille. Gabriela und Stefan Hold schreckten zusammen. Ihr Herzschlag beschleunigte sich. Wie in Zeitlupe drehte sich das blutüberströmte Gesicht des Beifahrers zum Licht, den Mund vom Aufschrei weit geöffnet, die Hand nach Hilfe suchend ihnen entgegengestreckt. Einem Reflex folgend schrie das Ehepaar seine Panik hinaus.

Waren es Sekunden oder gar Minuten, bis Gabriela eine Reaktion zeigte? Die Zeit schien nicht länger den üblichen Regeln zu folgen. Alles lief wie in einer Slow-Motion-Szene ab. Sie machte einen Schritt zur Tür, oder dem, was davon übrig war, und brüllte währenddessen zu Stefan hinüber: »Ruf einen Krankenwagen! Los!« Stefan reagierte nicht. Sie zerrte wie verrückt an der Tür, doch die war dermaßen verzogen, dass sie sich nicht öffnen ließ. »Wir müssen die Tür aufbrechen!« Genauso gut hätte Gabriela sich mit dem anhaltenden Regen unterhalten können. Ihr Mann stand einfach wie versteinert da. Ihre Wut über sein Verhalten steigerte sich unaufhaltsam. Da kein Fenster mehr in der Hecktür war, fasste sie hinein und griff nach dem Radkreuz, welches sich unter dem Schein ihrer Lampe abgezeichnet hatte. Dieses setzte sie an der zerstörten Tür an und brach sie schließlich mit größter Kraftanstrengung auf. »Besten Dank, dass du die Männerarbeit übernimmst, du verdammter Waschlappen.« Sie löste den Sicherheitsgurt. Die Schreie aus dem Inneren des Wagens waren längst verstummt. Der bewusstlose Christian Lempke fiel vom Beifahrersitz. Die weit aufgerissenen Augen des toten Fahrers, dessen Kopf nach rechts gesackt war, schienen ihn dabei entsetzt anzustarren.

11

»Ein Ouija-Brett? Du verarscht mich, oder? Tim? Soll das ein Witz sein? Was soll das hier werden? Hollywood für Arme in Recklinghausen?«

Tim sah seinen Freund verständnislos an. »Wie kannst du, nach allem, was du erlebt hast, daran zweifeln, dass so etwas funktioniert?«

»Vielleicht weil ich es nur aus Filmen kenne?«, antwortete Christian süffisant.

Tim lachte trocken auf. »Ach nee … aber Geistererscheinungen, die dir nach dem Leben trachten, hast du schon tausend Mal gesehen, ja?«

Christian dachte kurz nach und verstand seine Reaktion plötzlich selbst nicht mehr. Was ihm in den letzten Nächten widerfahren war, ging meilenweit über alles Normale hinaus, da musste er Tim recht geben. »Wie dem auch sei. Ich lass mich überraschen.«

Vera nickte und sah zu Martina, die in einer Tour verständnislos und genervt mit den Augen rollte. Die Befreiungsversuche hatte sie mittlerweile aufgegeben. Die Angst, dass ihr etwas angetan werden könne, hatte sich ebenfalls verflüchtigt, nachdem sie die Gespräche der drei mitbekam. Es ging hier nicht um sie. Martina war nur zur falschen Zeit am falschen Ort gewesen. Sie beobachtete Christian genau und sah sich langsam in einen Gewissenskonflikt geraten. Auf der einen Seite konnte sie auf keinen Fall länger mit jemandem zusammen sein, der so offensichtlich geistesgestört war. Auf der anderen Seite war Christian ihr nicht egal. Sie liebte den Zwanzigjährigen und es wäre eine ziemlich miese Sache, sich von ihm zu trennen, weil es ihm gerade nicht gut ging. Eine Zwickmühle, aus der es keinen Ausweg gab. Wie musste *er* sich dabei fühlen? Die Frau, die ihn liebte, hielt ihn für verrückt, während zwei andere ihm jedes Wort glaubten. Was sich anscheinend nicht änderte, als er über die letzten Nächte berichtete. Diese selbst ernannte Hexe Vera versprühte gar so etwas wie Begeisterung. Deren Neugier war mehr als geweckt. Martina ging davon aus, dass sie so einen ausgemachten Unfug wie den von Christian auch zum ersten Mal live gehört hatte. Mit der Annahme lag sie gar nicht so falsch. Das ganze Szenario erinnerte irgendwie an einen von Christians schlechten Filmen, von denen Martina stets behauptet hatte, sie würden ihn *verblöden* und *abstumpfen*. Momentan schien diese Aussage einen geradezu erschreckenden Wahrheitsgehalt zu besitzen. Vera riss sie jäh aus ihren Gedanken.

»Okay, Jungs. Wollen wir für unser Vorhaben vielleicht ins Wohnzimmer gehen? Ist ein wenig eng hier.«

Christian schaute zu seiner Freundin. »Was machen wir mit Martina?«

»Ihr müsst sie selbstverständlich rübertragen. Dir liegt doch etwas daran, sie zu überzeugen, dass du die Wahrheit sagst?«

»Ja, natürlich will ich das. Ich will aber nicht, dass ihr irgendwas passiert. Darum habe ich sie ja auch gefesselt. Der Geist, oder was immer es ist, würde sicher nicht vor ihr Halt machen.« Ehrliche Sorge klang aus seiner Stimme.

Tim und er packten den Stuhl und wuchteten ihre *Gefangene* hoch und trugen sie in das angrenzende Wohnzimmer.

»Könntet ihr den Raum abdunkeln?« Vera klang auf einmal, als rede sie mit irgendwelchen Untergebenen.

Christian hatte einen Einwand. »Die Erscheinungen fanden stets gegen einundzwanzig Uhr statt. Zum Zeitpunkt des Unfalls. Im Augenblick ist es noch mitten am Tag.«

»Ja Liebchen, das ist mir durchaus bewusst. Darum sollte das Phänomen jetzt auch deutlich weniger Macht haben und uns nicht gefährlich werden können.«

»Wie oft hast du denn so etwas schon gemacht?«, wollte Christian von ihr wissen, als sie bereits die schwarzen Kerzen aus ihrer Tasche gefischt und das Witchboard auf dem Couchtisch drapiert hatte.

Vera wich auffällig seinem Blick aus und räusperte sich. »Oft genug, sodass du dir keine Sorgen machen musst.«

Martina verdrehte erneut die Augen und ließ ein lautes Schnaufen durch die Nase folgen. Vera registrierte ihre offensichtliche Ungläubigkeit, beachtete sie aber nicht weiter. Stattdessen fuhr sie damit fort, die Kerzen anzuzünden und einen Kreis aus Salz um den Tisch zu ziehen.

»Wenn er erscheint, wird er diesen Schutzkreis nicht durchbrechen können. Egal, was passiert, wir sind sicher.«

Selbst unter dem Klebeband, das ihren Mund bedeckte, war ein abfälliges Lachen aus Martinas Richtung zu vernehmen. Vera spürte deutlich, dass sie für Martina die Verrückteste von allen hier war, doch das war ihr einerlei. Sorgfältig führte sie die Vorbereitungen aus. Wenige Augenblicke später nahmen alle um den Tisch herum Platz.

Christian unterzog das Ouija einer genauen Prüfung. Bisher hatte er die Bretter lediglich in

Filmen gesehen. Es war aus hellem Holz gefertigt und zeigte in zwei Reihen die Buchstaben des Alphabetes in einer alten verschnörkelten Schrift. Darunter befanden sich die Ziffern eins bis null. Oberhalb der ersten Buchstabenreihe sah man die englischen Worte YES und NO. Im untersten Bereich stand GOOD BYE. Das Ganze wurde eingerahmt von obskuren Mustern, in denen sich dämonische Fratzen ihr Stelldichein gaben. Ein kalter Schauer fuhr Christian über den Rücken und seine Nackenhaare stellten sich auf. Er fühlte sich nach Hollywood versetzt. Wie war es möglich, dass er das Horrorzeug nur jemals so cool fand? Diese Frage tauchte immer häufiger in seinem Kopf auf.

Als Vera ihre Finger auf die herzförmige Planchette legte, herrschte eine angespannte Stille im Raum. Wenn sie tatsächlich einen Kontakt herstellte, müsste sich die Planchette so bewegen, dass deren Öffnung in der Mitte auf einem Buchstaben oder Wort liegen bleibt. »Bereit?«, fragte die Hexe.

»In einem Film hätte jetzt wohl die dramaturgische Hintergrundmusik eingesetzt.«

»Christian, das ist kein Film und wir machen das auch nicht zum Spaß. Also konzentriere dich bitte. Denk an Daniel.« Ihre schwarzen Augenbrauen bildeten einen spitzen Winkel zu ihrer Nase. Im Zusammenspiel mit dem zusammengekniffenen, scharfen Blick wirkte das schon ein wenig bedrohlich.

Dementsprechend kleinlaut, ja fast unterwürfig, war Christians Antwort: »Ist ja gut. Ich versuche es. Entschuldige bitte.«

Vera nickte ihm zu und schaute zu Tim. Der bejahte ebenfalls. Den Blick zu ihrer größten Kritikerin ersparte sich die Fünfunddreißigjährige. Sie atmete tief ein und aus, bevor sie begann. »Ich, Vera Visperia …«

Bei diesen Worten musste Martina lachen, was unter dem Klebeband nur als schwaches Prusten hervorkam. Ihre Augen indes sprachen Bände.

Vera bedachte sie mit einem messerscharfen Blick und fuhr fort: »… rufe die Seele dessen, der einst Daniel Ressmer war. Daniel kannst du mich hören? Bist du unter uns?« Eine Reaktion blieb aus. Sie wiederholte ihre Frage noch einmal, jedoch wieder ohne Erfolg. Und auch beim dritten Anlauf, dem sie ein unheimliches Gemurmel auf Latein folgen ließ, geschah nichts.

An der rechten Seite des Tisches nuschelte Martina irgendetwas, allerdings konnte es aufgrund des Klebebandes niemand verstehen.

»Daniel Ressmer, ich, Vera Visperia, befehle dir, Kontakt mit uns aufzunehmen.«

Ein kurzes Aufflackern der sechs Kerzen, ein

kaum wahrnehmbarer kalter Luftzug, doch keine Antwort auf dem Ouija. Nur unheilvolle Stille.

Urplötzlich sprang Christian auf, starrte auf das Holzbrett und schrie: »Du willst mich? Hier bin ich. Also los komm und hole mich, Arschloch!« Er schlug mit der Faust auf den Zeiger des Brettes und hätte um ein Haar Veras Finger getroffen.

Instinktiv hatte sie ihre Hände im letzten Moment von dem Objekt genommen und erschrak im selben darüber. »Christian, nein! Was tust du da?«, brüllte sie ihn an und gab ihm einen kräftigen Schubs, sodass er zurück auf die Couch fiel. Sein Fuß verwischte das Pulver auf dem Boden und brach dabei den Schutzkreis auf, was Vera nicht entging. »Bist du wahnsinnig? Du bringst uns alle in Gefa…« Weiter kam sie nicht.

Die Planchette bewegte sich plötzlich irrsinnig schnell zu drei Buchstaben in Folge: T. O. D. Niemand hatte etwas berührt. Sie starrten völlig perplex auf das Brett. Vera wollte wieder ihre Finger auf den Zeiger legen, doch sie kam nicht dazu. Das hölzerne Herz drehte sich blitzschnell um seine eigene Achse. Unvermittelt drangen Stimmen aus dem Nichts. Worte, die geflüstert im Raum hin und her jagten.

»Mörder.«
»Schuld.«

»Rache.«

»Tod.«

Das waren nur einige, die Christian, Tim und Vera verstehen konnten. Keiner achtete auf Martina, die mit vor Entsetzen geweiteten Augen dasaß und geschrien hätte, wenn es ihr möglich gewesen wäre. Wurde es kälter im Raum? Zumindest empfanden alle vier dies. Wie ein eisiger Luftzug fuhr es ihnen durch Mark und Bein, während die Stimmen sich vermehrten und deutlich lauter wurden.

»Er wird dafür bezahlen.«

Es klang wie eine Frauenstimme, die permanent an Christians Ohren vorbeihuschte.

»Du wirst sterben.«

Und immer wieder das Altbekannte: »Mörder.«

Gefolgt von: »Monster, Bastard, Hurensohn.«

»Glaubst du mir jetzt endlich, Martina?«, durchbrach Christian das unheimliche Geschehen. Er blickte in ihre von Fassungslosigkeit gezeichneten Augen. Sie nickte hektisch.

Vera probierte erneut, ihre Finger auf die Planchette zu legen. Im selben Moment, da sie das Holz berührte, schoss es ihr mit voller Wucht in den Magen und schleuderte sie zurück.

»Verschwinde! Verschwinde, solange du noch kannst.«

Die Stimme ertönte ganz dicht neben ihr und

zischte die Worte direkt ins Ohr der weißen Hexe. Vera hielt sich den Magen und hustete, während sie sich wieder auf die Beine kämpfte. Sie gab sich alle Mühe, nicht die Beherrschtheit zu verlieren, nicht in Panik zu verfallen. »Geist, ich befehle dir, diesen Ort zu verlassen.«

Ein schrilles, hysterisch klingendes Lachen schallte durch den Raum. Den Bruchteil einer Sekunde später schienen Hunderte überlagerter Stimmen zu schreien: »VERSCHWINDE!«

Die Zeiger der Wanduhr drehten sich pfeilschnell. Und blieben schlagartig stehen – auf einundzwanzig Uhr. Die Wohnzimmertür sprang mit einem lauten Knall auf. Vera beugte sich ruckartig nach vorn, als ob sie einen harten Schlag in den Bauch bekommen hätte. Christian und Tim wollten zu ihr eilen. Nur ein Schritt war ihnen vergönnt. Sie wurden von einer unsichtbaren Macht zurückgeworfen und so heftig gegen die Couch geschleudert, dass diese nach hinten überkippte. Veras Beine hingen in der Luft und zeigten direkt auf die beiden jungen Männer. Ihre Haltung blieb unverändert und es wirkte, als säße sie in etwa einem Meter Höhe mit ausgestreckten Füßen in der Luft. Ihre Beherrschung war dahin, sie schrie sich die Seele aus dem Leib. Mit einer einzigen schnellen Bewegung drehte ihr Körper sich nach rechts.

Dann schoss Vera wie eine Kanonenkugel durch die geöffnete Zimmertür, die sogleich mit einem noch lauteren Donnerschlag zuflog. Ihre Schreie verstummten.

Die drei im Zimmer Verbliebenen konnten nur mutmaßen, dass Vera wahrscheinlich bewusstlos im Flur lag. Christian sah seinen Freund an. Sie benötigten keine Worte. Es war eine stille Verständigung. Christian stürmte auf Martina zu und Tim hechtete zur Tür. Doch sie ließ sich nicht öffnen. Ununterbrochen erklang das grausige Gelächter. Martina liefen die Tränen aus den angsterfüllten Augen.

Christian entfernte das Klebeband. »Schatz, es tut mir leid. Es tut mir so unendlich leid. Wie konnte ich nur …« Er löste die Fesseln.

»Was geschieht hier? Ich habe Angst. Christian, bitte … wir müssen hier weg.« Nachdem er den letzten Klebestreifen gelöst hatte, fiel sie ihm in die Arme und flehte ihn beharrlich an, die Wohnung zu verlassen.

Es wurde still. Nur die hektischen Atemgeräusche waren noch zu hören. Die drei standen dicht beieinander. Schutzsuchend. Als auch nach einigen Minuten nichts geschah, wollten sie schon erleichtert aufatmen. Sie hatten sich zu früh gefreut. Ohne vorherige Ankündigung sprangen alle Schranktüren gleichzeitig auf. Der Inhalt wurde durch das ganze Zimmer geschleudert. Nur mit Mühe konnten sie den Wurfgeschossen ausweichen.

»Hilfe! Was ist hier los?« Martina glaubte nun selbst daran, ihren Verstand zu verlieren. Was hier passierte, war einfach unmöglich. Durfte nicht sein. So etwas sah man in Christians kranken Filmen, aber doch nicht in der Realität.

»Tim, was ist mit der Tür?« Christian musste brüllen, so laut war das Stimmgewirr geworden. Es schrie nach Rache, beschwor Christians Tod herbei. Grelle Schreie, die einem durch und durch gingen.

»Ich kann das Mistding nicht öffnen. Es lässt uns nicht raus.« Er rief voller Verzweiflung und mit zitternder Stimme nach Vera.

Die Antwort ließ nicht lange auf sich warten. Etwas schlug mit einem so ohrenbetäubenden Knall gegen die Tür, als benutzte man einen Vorschlaghammer. Es wiederholte sich wieder und wieder. Wurde immer schneller. Tim hielt sich die Ohren zu. Dass bereits ein feiner Blutfaden aus ihnen lief, registrierte er dabei nicht. Wohl aber den Schmerz, der sich in seinem Kopf wie ein alles verzehrender Virus ausbreitete.

»Daniel, es tut mir leid. Es war verdammt noch mal ein Unfall!«, schrie Christian, so laut er konnte.

Martina löste sich aus seiner Umarmung und er

starrte jäh in ihre milchig weiß gewordenen Augen. Das Gesicht seiner Freundin wirkte verzerrt. Die einstigen hübschen Züge wurden mehr und mehr entstellt, als das unheimliche Lachen aus ihrem Mund drang. Sie gab ihm einen kräftigen Stoß mit beiden Armen und er landete erneut auf der umgekippten Couch. Christian war direkt wieder auf den Beinen. Er blickte schockiert auf Martinas Körper. Der schwebte nun einen halben Meter über dem Boden. Das, was seine Freundin war, nahm einen Stuhl und zertrümmerte diesen an der Schrankwand. Übrig blieb eines der hölzernen Stuhlbeine. Mit diesem *Pflock* im Anschlag glitt die Gestalt auf ihn zu und begann mit einer dämonischen Stimme auf ihn einzureden. Sofort hatte Christian den Film *Der Exorzist* vor Augen.
»Der Tod ist da. Er kommt dich holen, du Bastard.«

Sie jagte wie eine Furie auf den völlig perplexen Zwanzigjährigen zu. Er wollte sich gerade zur Seite werfen, um dem Pfahl zu entgehen, da traf das Ouija-Brett Martina am Hinterkopf. Sie erstarb in ihrer Bewegung, verharrte weiterhin in der Luft und drehte den Kopf langsam um neunzig Grad. Bis sie Tim direkt in die Augen sah. Der schrie vor Entsetzen noch lauter als Christian es in dem Augenblick tat. Der Rest ihres Körpers bewegte sich in entgegengesetzter Richtung. Sie ließ das Stuhlbein fallen und packte das Ouija, von dem Blut tropfte. Tim stotterte sich einen Hilferuf zusammen, Tränen sammelten sich in seinen Augen. Schließlich machte der hart gesottene Gothic-Rocker sich vor Angst in die Hose. Seine Furcht war nicht mehr in Worte zu fassen. Martina, oder das, was nun in ihr steckte, holte mit dem bluttriefenden Brett zum Schlag aus. Tim wusste es in diesem Moment – jetzt und hier, nur einen Wimpernschlag entfernt, würde sein junges Leben enden. Im Zeitraffer liefen eine Million Bilder durch seinen Kopf. Mit einem gewaltigen Hieb trennte das Holz selbigen vom Hals.

Christian schrie: »NEIN!« Was er hier mit ansehen musste, ließ sämtliche Sicherungen in seinem Kopf durchbrennen. Für Gedanken war kein Platz mehr. Er reagierte nur noch. Von Instinkten anstatt gesundem Menschenverstand getrieben. Ob das seine Freundin war oder nicht spielte plötzlich keine Rolle mehr. Christian machte einen Satz auf Martina zu. Er angelte in derselben Bewegung das Stuhlbein vom Boden und holte aus. Mit aller Gewalt rammte er es ihr in den Rücken.

12

Wenige Tage nach Daniels Beerdigung

Diesmal hatte Silvia Ressmer ihren Mann gar nicht erst gefragt, ob er mit in die Messe kommen würde. Sicher, seine Antwort war meist dieselbe, trotzdem fragte sie aus Höflichkeit immer wieder. Nicht so an diesem Tag. Sie wollte allein in die Liebfrauenkirche, welche sie einst als ihr zweites Zuhause ansah. Diese Empfindung wirkte nun wie eine Erinnerung an ein fernes, längst vergangenes Leben. In dem Moment, als Silvia das Wort Gottes symbolisch vor dem Grab ihres Sohnes verbrannte, brach die Verbindung endgültig ab. Ihre Gottergebenheit war nicht nur erloschen, wie es vielen Menschen geht, die einen schweren Verlust oder einen Schicksalsschlag hinnehmen müssen. Nein, bei Silvia war der Glaube nicht einfach verschwunden, sondern kehrte sich praktisch ins Gegenteilige. Die Messe würde ihr letzter Kirchengang sein, das stand für sie bereits in Stein gemeißelt. Nach dem Tag wäre es unwahrscheinlich, dass man sie je wieder hineinließe. Sie kam nicht zum Beten. Das vorher alltägliche Ritual hatte sie am Tag von Daniels

Tod zu Grabe getragen. An diesem Sonntag kam sie, um Gott und seiner Kirche ein deutliches Statement zu hinterlassen. Und möglicherweise bestand ja der Hauch einer Chance, einige der schlafenden Schafe zurück auf den Boden der Tatsachen zu holen. Ihnen klarzumachen, dass sie der größten Lüge aller Zeiten an den Lippen klebten und nicht einmal bemerkten, wie sie sich dabei besabberten.

Lügen waren von jeher ein rotes Tuch für Silvia Ressmer. Vielleicht hatte sie gerade deswegen so ein gutes Verhältnis zu ihrem Sohn gehabt. Schon früh hatte sie ihm begreiflich machen können, dass man über alles reden kann. Dass kein Problem und kein Fehler so furchtbar sein konnten, dass man nicht zusammen eine Lösung finden würde. Vorausgesetzt, man wäre immer ehrlich zueinander. Daniel hatte das seit seiner Kindheit verinnerlicht und umgesetzt. So blieb der Familie sehr viel des üblichen Stresses erspart. Familiäre Belastungen, die von Teenagern verursacht werden, weil sie die Wahrheit gern zu ihren Gunsten verdrehen, gab es bei ihnen nicht.

Stirbt eine geliebte Person, neigt der Hinterbliebene im Allgemeinen dazu, die schlechten Momente oder dessen negative Eigenschaften auszublenden. Fortan wird sich nur an das Gute erinnert.

Jene Dinge treten in den Vordergrund, die den Schmerz weiter anfüttern, in den man sich fallen lassen, dem man sich ergeben möchte. Nicht so bei Daniel, hier gab es nichts zu verdrängen. Er war die Art von Mensch, den jeder mochte, über den niemand übel redete, weil es einfach keine Angriffsfläche gab. Daniel Ressmer war stets freundlich und höflich anderen gegenüber. Seine Hilfsbereitschaft glich der eines Heiligen. In dem – wie Silvia fand – merkwürdigen Musikgeschmack hatte er sein Ventil gefunden. Natürlich kämpfte auch er ab und an mit schlechten Stimmungen, Aggressivität und verletzten Gefühlen, besonders in der Teenagerzeit, als die ersten Liebeleien zum Thema wurden. Nach den düsteren Konzerten, die er schon als Jugendlicher aufsuchte, ging es ihm in der Regel besser. Für Silvia war es immer erstaunlich und lobenswert, wie sehr Daniel den Halt und die Ehrlichkeit in der Familie zu schätzen wusste und diesen Weg gelebt hatte. Sein ganzes, kurzes Leben lang.

Die Erinnerung folterte Silvias Seele bis weit über die Grenzen des Erträglichen hinaus. Begleitet von dem Schmerz, der ihrem Hass Nahrung gab, betrat sie die Liebfrauenkirche. Ihr Gesicht war kalt und ausdruckslos. Lediglich ihre Augen zeigten, bei genauerem Betrachten, den brodelnden Zorn, der, einem Vulkan gleich, kurz vor dem Ausbruch stand. Die Messe war nicht sonderlich gut besucht. Es mochten um die fünfzig Leute sein, die sich verstreut auf den Holzbänken platziert hatten. Früher mochte Silvia diese Kirche, weil sie sich durch ihre Helligkeit von vielen anderen abhob. Im Gegensatz zu den meisten düsteren Gemäuern der gotischen Epoche dominierten hier im Inneren die Farben Weiß und Gold. Allein die hellen Wände gaben dem Gotteshaus stets einen festlichen Rahmen. Die bleiverglasten farbigen Fenster fügten sich harmonisch in das Ensemble ein. Alles mutete edel und einladend an.

Silvia suchte sich einen Platz auf der rechten Seite, nahe dem etwa drei Meter hohen Jesuskreuz, welches dort an der Mauer prangte. Etwas kleiner, dafür scheinbar aus purem Gold, stand auf einem Sockel, der vom Betrachter aus links unten und ein Stückchen versetzt an der gleichen Wand angebracht worden war, eine Marienstatue. Von Weitem wirkte es so, als ob Jesus zu ihr hinunter sah. Silvia fixierte das Kreuz mit hasserfülltem Blick, als sie sich hinsetzte und vorsichtig ihre große Tasche neben sich auf die Holzbank stellte. Der Pfarrer hatte bereits begonnen, aber seine Worte drangen nur wie hohle Phrasen an ihre Ohren. Er hätte auch die Bedienungsanleitung einer Waschmaschine vorlesen können.

Silvia verharrte fast eine halbe Stunde reglos auf ihrem Platz und hing ihren Gedanken nach. Den Mann auf der Kanzel beachtete sie kaum. Sie hatte ihn bisher nur zwei- oder dreimal gesehen, da er neu in der Gemeinde war und nur vertretungsweise in der Liebfrauenkirche einsprang. Als er schließlich davon sprach, Sündern mit Vergebung zu begegnen, brach der Sturm los, der in Silvia auf den richtigen Moment gewartet hatte. Sie stand auf und schrie laut: »Vergebung? Ich soll also diesem Schwein, das meinen Sohn auf dem Gewissen hat, die Hand reichen und sagen: Ist schon gut, ich vergebe dir, dass du Daniel umgebracht hast?«

Der Geistliche unterbrach die Predigt und wandte sich der wütenden Frau zu: »Ich kann mir vorstellen, wie groß Ihr Schmerz sein muss und wie abenteuerlich sich dieser Wille Gottes gerade anfühlt. Aber ...«

»Abenteuerlich? Ich gehe davon aus, dass Sie keine Kinder haben. Oder, Herr Pfarrer?«

»Nein, da haben Sie recht. Könnten wir das Gespräch bitte nach der Messe fortsetzen? Ich nehme mir gerne die Zeit, die nötig ist. Wir setzen uns zusammen und reden.«

Silvia begann zu lachen. Es klang nicht fröhlich, sondern aufgesetzt und künstlich. »Sie wollen sich Zeit für mich nehmen? Meinen Sie, mit Ihren

Lügen ist es Ihnen möglich, meinen Sohn wieder lebendig zu reden?«

Ein Raunen ging durch die Besucher. Verständnisloses Kopfschütteln und erboste Blicke ruhten auf der Frau, die sich erdreistete, die heilige Messe dermaßen zu stören.

»Ich bitte Sie, nehmen Sie wieder Platz und beruhigen Sie sich.«

Nun gab es für Silvia Ressmer kein Halten mehr. Sie wandte sich zu den anderen, die sie weiterhin anstarrten. »Glauben Sie dem Mann kein Wort. Glauben Sie der Institution Kirche nicht länger. Das, was sie uns als Gott weißmachen will, ist in Wahrheit der Teufel. Sehen Sie sich die Welt, in der wir leben, doch mal genau an. Wachen Sie auf! Denken Sie tatsächlich, *Gott* könnte so ein kranker Sadist sein? Würde Gott es zulassen, dass stets das Böse gewinnt? Würde er Mörder, Kinderschänder oder Kriegstreiber ungeschoren davonkommen lassen? Wir wurden alle belogen, von Anfang an! Wir wurden von der Kirche getäuscht. In Wirklichkeit beten Sie hier alle zu Satan!«

Schockierte Gesichter – überall. Fassungslosigkeit und Abscheu für die Frau, die diesen Ort mit ihren Worten auf so schändliche Weise entweihte.

Der Pastor kam zielstrebig auf sie zu und hatte augenscheinlich sehr damit zu kämpfen, nicht die

Fassung zu verlieren. Er packte sie schließlich energisch am Oberarm. »Ich muss Sie leider bitten, das Gotteshaus zu verlassen.«

Mit einer schnellen, ruckartigen Bewegung hatte sich Silvia Ressmer aus seinem Griff gelöst und schrie ihn hysterisch an: »Ich verlasse den Tempel des Antichristen, wenn es mir passt. Und wenn du Kinderficker mich noch einmal anfasst, wirst du es bereuen.«

Die ersten Gäste standen auf und verließen schockiert die Messe. Andere tuschelten untereinander. Einige bekreuzigten sich. Manche hielten sich die Ohren zu und beteten stumm.

Silvia langte in ihre Tasche und zog eine große Plastikschüssel hervor. Bevor der perplexe Gottesmann etwas erwidern konnte, öffnete sie den Deckel, hechtete zu dem Kreuz an der Wand und brüllte wie von Sinnen: »Das Blut meines Sohnes klebt an deinen verfluchten Händen!« Dann holte sie aus und entleerte mit einem gewaltigen Schwung die drei Liter Schweineblut über der gekreuzigten Jesusfigur. Der Pfarrer sackte auf die Knie und zeichnete fortwährend das Kreuz vor seiner Brust nach. Diejenigen, welche nicht spätestens jetzt aus der Kirche stürmten, taten es ihm gleich.

»Sie werden augenblicklich diese Kirche verlassen! Und Sie können davon ausgehen, dass ich das zur Anzeige bringen werde. Laut Strafgesetzbuch, Paragraf 166 …«

Silvia fuhr mit den Fingern durch die roten Reste in der Schüssel und schmierte dem Prediger das Blut ins Gesicht. »Mach, was du willst, aber DU wirst mich nicht abhalten, die Wahrheit über DEINE verlogene Sekte zu verbreiten. Dein Gott oder Dämon oder zu was auch immer du betest, ist zu weit gegangen. Es wird Zeit, die Menschen aus ihrem Koma aufzuwecken.« Sie warf das leere Gefäß gegen die Marienstatue und stampfte mit aggressiven Schritten und einem selbstgefälligen, diabolisch anmutenden Grinsen zum Ausgang. An der Tür angekommen drehte sie sich ein letztes Mal um und rief: »Mein ist die Rache, sprach der Herr.« Dann schlug sie die schwere Eichentür von außen zu.

13

Just in dem Moment, als das Stuhlbein Martinas Rücken traf, blitzte es im Raum ein paar Mal gleißend hell auf. Urplötzlich saß Christian aufrecht im Bett und schrie wie von Sinnen. Dicke Schweißperlen tropften von seiner Stirn. Seine Arme verweilten noch in der Luft, doch seine Hände griffen ins Leere. Das Holz zwischen den Fingern war verschwunden. Ebenso wie Tim, dessen abgetrennter Kopf und der Rest des Wohnzimmers.

Das Rollo war nicht komplett hinuntergelassen. Es drang genügend Licht ins Schlafzimmer, um zu erkennen, wo er war und dass sich niemand sonst im Raum befand. Er wischte sich den Schweiß mit dem Handrücken ab und sprang aus dem Bett. Völlig verwirrt versuchte er vergeblich, das Erlebte zu sortieren. Für eine genaue Einschätzung der Lage war es zu früh. Der Blick ins Wohnzimmer würde Klarheit bringen. Es beherbergte die Antworten, die Christian gerade eine verfluchte Angst einjagten. War alles so geschehen, dann warteten dort die Leichen seiner Freundin und seines Kumpels auf ihn. Hatte er allerdings wieder *nur* einen Traum, verlor er wahrscheinlich wirklich den Verstand. So oder so, sein Leben spülte sich von selbst das Klo hinunter.

Als er sich im Vorbeigehen im Spiegel erblickte, erschrak Christian. »Alter, du siehst ja vielleicht scheiße aus.«

»Du siehst tatsächlich scheiße aus!«

Christian schrie auf und wäre um ein Haar nach hinten aufs Bett gefallen, als sein Spiegelbild mit einer unheimlich tiefen Stimme antwortete. Er wusste nicht, wie ihm geschah. Seine Reaktion war nicht schnell genug und er wurde von den leichenblassen Armen überrascht, die plötzlich aus dem Spiegel schossen. Sie packten seinen Hals und drückten fest zu. Im Affekt trat Christian gegen den Spiegel, der mit einem lauten Geschepper sogleich in unzählige kleine Splitter zerbrach.

Im selben Moment riss ihn das Telefon aus dem Schlaf. Christian schlug die Augen auf und erkannte seine Küche. Der Sabber lief ihm aus dem Mundwinkel auf seine Laptoptastatur. Offenbar war er mit dem Kopf auf dem Rechner liegend eingeschlafen. »Was zur Hölle?« Er wischte sich die Speichelreste weg und stand auf. »Verdammt, ich werde wirklich verrückt …« Das Telefon klingelte erneut. Völlig verwirrt und von der Situation überfordert nahm er den Hörer ab. Als er am anderen Ende die Stimme von Tim vernahm, flippte er vollkommen aus. »Du lebst? Du leeebst!«

»Alter, langsam jagst du mir echt eine scheiß Angst ein, weißt du das?«

»Das ist mir egal, du lebst. Mein Gott, ich dachte, du wärst …«

»… eher wieder zurück? Tut mir leid, deshalb rufe ich ja an. Wir sind hier endlich durch. Ich bin in einer Stunde bei dir.«

Christian verstand die Welt nicht mehr. Zwischen Traum und Realität zu unterscheiden, schien ein sinnloses Unterfangen zu sein.

Tim entging die Verwirrung Christians nicht, er setzte aber nur ein kurzes »Bis gleich« nach.

Christian legte den Hörer auf den Küchentisch. Voller Verzweiflung fasste er sich an den Kopf und raufte sich die Haare. »Was stimmt nicht mit dir? Was um alles in der Welt stimmt nicht mit dir?« Die letzten Ereignisse drängten sich in seine Erinnerungen und er stürmte hastig ins Wohnzimmer. Dass dort alles normal war, überraschte ihn nun nicht mehr. Der schreckliche Horror hatte nur in seiner Fantasie, in seinen Träumen stattgefunden. Das völlig unversehrte Wohnzimmer war der Beweis. Er trottete zurück in die Küche und setzte sich auf den Stuhl, mit dessen Bein er gerade noch auf Martina einschlagen wollte. »Tina … Sie hatte die ganze Zeit recht. Ich *bin* verrückt.« Kurzerhand griff er erneut zum Telefon und wählte ihre Handynummer.

»Ich bin auf der A40. Musste schnell einen Abstecher nach Essen machen.«

Christian war ungemein erleichtert, ihre Stimme zu hören. Er berichtete kurz und knapp über das, was geschehen war. Die Details sparte er aus, um seine Freundin nicht mehr als nötig zu beunruhigen.

»Mein Gott, das klingt ja schrecklich. Schatz, du brauchst wirklich …«

»… Hilfe?« Er nahm ihr das Wort aus dem Mund. »Ja, du hast recht. Das hattest du schon von Anfang an. Ich war ein Idiot. Mach einen Termin mit Dr. Psycho. Aber er wird herkommen müssen. Irgendetwas hält mich in der Wohnung gefangen. Ich kann sie einfach nicht verlassen.« Am anderen Ende war ein Seufzen zu hören. Ob nun aus Erleichterung, weil Christian endlich die unerlässliche Hilfe annehmen wollte, oder wegen seiner Aussage mit der Wohnung, das konnte er nicht deuten.

»Schatz, ich bin sehr froh, dass du vernünftig wirst und dich dazu entschlossen hast, dir helfen zu lassen. Selbstverständlich kümmere ich mich gleich um den Termin. Ich bin bald bei dir, habe heute überraschend freibekommen.«

Er hatte ihr nichts davon erzählt, dass sie in seinen Wahnvorstellungen oder Träumen gefesselt und geknebelt mit anschauen musste, wie eine noch verrücktere, selbsternannte Hexe mit einem Ouija-Brett die Toten beschworen hatte. Auch dass sie zur Mörderin wurde, hatte er ausgelassen und stattdessen lediglich erwähnt, dass ihr in seiner verschobenen Realität etwas Schlimmes zugestoßen war. »Tina, ich weiß nicht, ob es so gut ist, wenn du herkommst. Es ist hier nicht sicher für dich.« *Oder für sonst jemanden*, dachte er resigniert. Ein kurzer Moment des Schweigens. Offenbar überlegte sie gerade, wie sie darauf reagieren sollte.

»Schatz, ich liebe dich und ich will dir helfen. Und ehrlich gesagt glaube ich, dass es gefährlicher ist, wenn du …« Sie brach mitten im Satz ab.

»Martina? Was ist los? Hallo? Bist du noch dran?« Ein merkwürdiges Rauschen und Knistern erklang in der Leitung. »Hey, hörst du mich noch?«

»Christian … ich … hier …« Ihre Worte klangen abgehakt, stotterig und drangen nur leise und durch die Störgeräusche verzerrt zu ihm. »Da … da …«

»Was denn? Was ist da? Martina … Sag was!«

»Da…niel. Oh nein! Verdammte Sch… Neeein …«

»Was? Schatz, was ist da los bei dir?«

Ihre Stimme schien sich immer weiter zu entfernen. »Da ist was auf der Stra… Mein Wagen. Ich. NEIN! …«

Das Rauschen wurde unerträglich und übertönte fast den folgenden Schrei, der Christian erschaudern ließ. »MARTINA!« Es knisterte, es rauschte, doch es kam keine Reaktion mehr. »Mein Gott, Martina, bitte antworte!«, brüllte Christian in den Hörer.

Es knackte zwei-, dreimal etwas lauter und plötzlich erklang eine furchtbar verzerrte Frauenstimme. Es war nicht die Stimme seiner Freundin. »Deine Schlampe ist tot.«

14

Zum wiederholten Mal klingelte es an der Tür. Christian saß wie gelähmt auf dem Küchenboden, das Telefon noch immer in der Hand haltend. Er hatte nicht einmal weinen oder seinen Schmerz hinausschreien können. Stattdessen spielten seine Gedanken Ping Pong in den durcheinandergeratenen Gehirnwindungen. Viele Fragen, auf die er keine Antworten zu finden vermochte, lieferten sich einen Schlagabtausch in seinem verwirrten Geist. War dieses Gespräch mit Martina nun real gewesen, oder nicht? War sie wirklich tot, verletzt? Oder wohl auf? Wessen Stimme hatte er da zum Schluss gehört? *Was* war geschehen? War *überhaupt* etwas geschehen? Christian war am Ende seiner mentalen Kräfte und konnte kaum mehr einen Unterschied zwischen Traum und Realität erkennen. Er fragte sich permanent, in welchem Zustand er sich gerade befand.

Das Telefon klingelte. Geistesabwesend, wie automatisiert, wanderte sein Finger zu der grünen Taste, um das Telefonat entgegenzunehmen.

»Alter, ich bin es. Tim. Ich stehe hier unten vor deinem Haus. Könntest du eventuell mal aufmachen?«

Wie jemand, der soeben aus dem Halbschlaf zu sich kam, stotterte Christian verstört: »Tim? Ähm, ja … klar … Moment.«

»Mann, was ist los? Bist du schon wieder eingepennt? Und was zur Hölle wollte Daniels Mutter bei dir?«

»Was? Wieso Daniels Mutter? Ich verstehe nur Bahnhof.«

»Na, sie ist doch eben aus deinem Haus gekommen. Ich bog gerade um die Ecke, wollte sie gleich ansprechen, aber als ich einen Parkplatz gefunden hatte, war sie bereits verschwunden.«

»Was laberst du für einen Unsinn? Ich habe sie seit der Beerdigung nicht gesehen.«

»Hmmm, vielleicht habe ich mich ja auch getäuscht. Mach endlich auf, ich muss pissen.«

Dass sich sein Verwirrungszustand noch steigern konnte, hätte er selbst nicht für möglich gehalten. Er stand schwerfällig auf, lief mit schleppenden Schritten zur Wohnungstür und öffnete seinem Kumpel. Tim rannte die Treppen hinauf, als ginge es um sein Leben und nicht nur um den Gang zur Toilette. Als er vor Christians Wohnung angekommen war, erstarrte er. »Scheiße! Ich glaube, jetzt wissen wir, was die Ressmer hier wollte.«

Christian schaute ihn fragend an, warf einen flüchtigen Blick in den Hausflur und verstand nicht, worauf Tim hinaus wollte.

»Na, deine Tür, Alter. Hast du es nicht gesehen?«

Tatsächlich hatte Christian sie einfach aufgerissen und keines Blickes gewürdigt. Warum auch? Als er es nun tat, war das fette blutrote Wort nicht zu übersehen. Anscheinend wurde es mit einer Sprühdose aufgetragen, denn die Farbverläufe an den Buchstaben sahen unsauber aus. Die typischen Läufer, die entstehen, wenn Farbe zu dick aufgesprüht wird, bahnten sich zu Dutzenden ihren Weg über das verschandelte Holz. Dennoch war das Wort deutlich zu lesen: »Mörder.«

»Mann, die Alte hat ja wohl 'ne Vollmeise. Der haben sie ihr Gehirn doch mit beerdigt.« Tim war fassungslos, drängte sich an Christian vorbei und rannte zur Toilette. Ein riesiger Seufzer der Erleichterung drang durch die verschlossene Tür.

»Bist du wirklich sicher, dass es die Ressmer war, die du gesehen hast, Tim?«

»Ich denke schon.«

Christians Gedanken liefen Sturm. Er zählte eins und eins zusammen. Benommen torkelte er in die Wohnung zurück und knallte die Tür zu. Die

Tränen schossen ihm in die Augen. Er begann am ganzen Körper zu zittern und fiel plötzlich wie ein nasser Sandsack um.

»Alter! Mach keinen Scheiß.« Tim eilte zu seinem Freund und brachte ihn nach ein paar leichten Schlägen ins Gesicht schnell zur Besinnung. »Was war denn jetzt wieder los?«, wollte er wissen. Er holte ein Glas Wasser aus der Küche.

Christian brach in heftiges Schluchzen aus. Langsam setzte er sich auf und nippte an der Flüssigkeit. »Tim, ich glaube, Martina ist tot.«

»Was? Erzähl keinen Unsinn, du hast das wahrscheinlich nur geträumt. Ach, was sage ich? Hundertprozentig hast du geträumt!«

»Ich fürchte nicht. Die Stimme am Telefon … nun ergibt alles einen Sinn.« Tim sah ihn fragend an und Christian erzählte von dem Telefonat. Die Worte kamen nur stockend über seine Lippen. Das Gefühl in seiner Brust war erdrückend, als läge ein schwerer eiserner Ring darum. Erneutes Aufschluchzen zwang ihn zu kurzen Pausen.

»Und du denkst jetzt …?«

»Ja, es war Silvia Ressmer. Ich bin mir ganz sicher.«

»Wow, wow, wow … hörst du dich selbst reden, Kollege? Du beschuldigst die Frau gerade, deine Freundin umgebracht zu haben.« Tims Gesichtsausdruck zeugte von Fassungslosigkeit und Unverständnis.

»Tim, schau dir das Gesamtbild an. Sie ist am Boden zerstört, hat kürzlich ihren einzigen Sohn verloren und gibt mir die Schuld daran. Schon bei der Beerdigung hat sie mich wiederholt verbal angegriffen. Die Tür, der Anruf. Ich glaube, Silvia Ressmer befindet sich auf einem Rachefeldzug gegen mich.«

Tim prustete. Für ihn klang das alles zu weit hergeholt. »Chris, wir sind hier in Deutschland, im Ruhrgebiet – nicht in Hollywood, wo ein Thriller über Selbstjustiz gedreht wird.«

»Mag sein. Aber was, wenn ich trotzdem richtig liege? Was, wenn Martina tatsächlich von ihr umgebracht wurde. Oh mein Gott, was, wenn sie *wirklich* tot ist?« Er rannte in die Küche, griff sich das Telefon und wählte Martinas Nummer. Doch das Signal kam nicht an. Nur ein Piepton in schneller Abfolge drang aus dem Hörer. »Nichts. Verdammt! Ich muss wissen, ob ihr etwas zugestoßen ist.« Christian wurde immer hektischer. Die Zeichen deuteten darauf hin, dass er kurz vor einem Nervenzusammenbruch stand. Er redete weiter auf seinen Freund ein, der sich zunehmend überfordert fühlte. »Was, wenn die Ressmer hinter alldem hier steckt? Ist Daniels Vater nicht Chemiker? Vielleicht haben die hier irgendwas vergiftet. Sie haben möglicherweise etwas getan, das hier in der Wohnung Halluzinationen und Wahnvorstellungen auslöst. Überleg mal, das würde alles erklären.«

»Meinst du nicht, deine Fantasie geht ein bisschen mit dir durch?« Er wollte seinen Freund wieder auf den Boden holen, seine Verschwörungstheorien totreden, um ihn irgendwie zu beruhigen, aber es war zwecklos. Christian steigerte sich mehr und mehr in die fixe Idee hinein, dass er nicht verrückt geworden war, sondern Opfer eines perfide geplanten Racheaktes.

»Jetzt denk doch mal nach. Was ist wahrscheinlicher? Dass es hier wirklich spukt oder dass jemand etwas tut, um mich mit diesen Dingen in den Wahnsinn zu treiben? Aus Rache für den Verlust, den die Ressmers nicht verkraften. Denk an die Drohungen auf dem Friedhof.«

»Weißt du was? Gib mir das Telefon, ich rufe sie an.«

»Was? Bist du irre? Glaubst du vielleicht, sie wird das zugeben?«

»Wenn du mit deiner Vermutung auch nur ansatzweise richtigliegst, wird sie das ganz sicher nicht tun. Aber möglicherweise würde sie sich ja trotzdem irgendwie verraten. Gib her das Ding.« Tim riss ihm regelrecht das Telefon aus der Hand und durchsuchte die gespeicherten Nummern. Es läutete fünfmal, ehe die Stimme von Ulrich Ressmer am anderen Ende erklang. »Guten Tag, Herr Ressmer, hier ist Tim. Tim Schäfer.«

»Ach, hallo Tim. Was kann ich für dich tun?« Der Mittfünfziger klang erschöpft, traurig und gebrochen.

»Herr Ressmer, könnte ich wohl kurz mit Ihrer Frau sprechen? Es geht um etwas, das Daniel mir mal erzählt hat. Ich nehme an, nur *sie* kann mir da Klarheit verschaffen.«

Der improvisierte Vorwand bewegte sich auf dünnem Eis. Schon als Tim den halb garen Scheingrund ausgesprochen hatte, erschien es ihm ungeheuer dumm. Doch Daniels Vater ging gar nicht näher darauf ein. Christian hatte seinen Kopf so dicht zu Tim bewegt, dass er jedes Wort mitanhören konnte. Bald wünschte er sich, Tim hätte niemals die Nummer gewählt.

»Es tut mir leid, aber ich fürchte, zurzeit kann niemand mit meiner Frau reden. Sie wurde vor zwei Tagen in eine psychiatrische Klinik eingewiesen.«

15

Ulrich Ressmers Worte trafen Christian wie ein Blitzschlag. Die kurz aufkeimende Hoffnung auf eine, wie ihm schien, völlig logische Erklärung des ganzen Wahnsinns, zerplatzte wie die sprichwörtliche Seifenblase und ließ ihn erneut die Tür ins dunkle Reich der Verzweiflung aufstoßen.

»Oh, das wusste ich nicht. Tut mir wirklich leid, das zu hören. Ich hoffe, es geht ihr bald besser.« Tim hatte zwar nicht damit gerechnet, dass an der Theorie etwas dran sein könnte, doch diese Neuigkeit überraschte auch ihn.

»Ich hoffe es auch. Weißt du, ich wünsche es meinem ärgsten Feind nicht, jemals das eigene Kind beerdigen zu müssen. Es ist eine unglaublich schwere Zeit für uns. Kann ich dir trotzdem irgendwie weiterhelfen?«

»Ähm, nein. Schon gut, Herr Ressmer. Ich will Sie nicht länger aufhalten. Gute Besserung für Ihre Frau und noch mal mein aufrichtiges Beileid.« Tim legte auf und ging in die Hocke, weil Christian sich wieder auf den Boden gesetzt hatte. Er gab ein bedauernswertes Bild ab. Seine nunmehr kurzen Haare, die stets so wirkten, als könnten sie sich nicht für Schwarz oder Braun entscheiden, waren so fettig, als hätten sie seit Wochen keine Bekanntschaft mehr mit Wasser, geschweige denn Shampoo gemacht. Die Klamotten hatte er offensichtlich ebenfalls einige Tage nicht gewechselt. Zumindest ließ der durchdringende Geruch nach abgestandenem Schweiß das vermuten. Tim wollte ihn beruhigen, doch alle Mühe war vergebens.

»Kumpel, gib es auf. Ich bin verrückt. Nein, nicht nur das. Jetzt bin ich auch noch paranoid.«

»Das bist du nicht. Ich habe es ja selbst erlebt. Hier stimmt was nicht, das bildest du dir nicht ein. Sonst müssten wir ja beide unter denselben Halluzinationen leiden. Aber paranoid … ja, das kann man dir nicht absprechen. Das bedeutet jedoch nicht, dass du nicht wirklich verfolgt wirst.« Mit seinem krampfhaften Versuch, die Stimmung aufzuheitern, erreichte er Christian immerhin ein *bisschen* besser.

»Das nennt man wohl im wahrsten Sinne des Wortes Galgenhumor.«

Tims Handy unterbrach die beiden. »Ja? Hallo Vera. Klaro, ich bin gleich bei dir.« Er steckte das Gerät wieder in die Hosentasche und klopfte Christian auf die Schulter. »Wirst du noch mal eine halbe

Stunde ohne mich klarkommen? Ich wollte Vera ja vorhin schon mitbringen, aber sie hatte dringend etwas zu erledigen, deshalb hole ich sie erst jetzt.«

»Die Hexe?«

»Ja, die Hexe. Ich weiß genau, wie das klingt. Sie ist in Ordnung, glaub mir. Und ich bin mir sicher, dass sie uns helfen kann.«

»Nicht, wenn sie ein Ouija-Brett mitbringt.« Christian hatte den Satz nur leise vor sich hin genuschelt.

»Was sagst du?«

»Ach nichts, schon gut. Alles okay. Mach dir keine Gedanken um mich. Eine halbe Stunde werde ich wohl ohne Kindermädchen und ohne durchzudrehen aushalten. Fahr sie abholen, das dürfte interessant werden. Ich versuche derweil weiter, Martina zu erreichen. Oder auf anderem Wege etwas rauszufinden. Vielleicht wissen ihre Freundinnen Bescheid. Oder ihre Eltern.«

»Es wird schon nichts passiert sein. Mach dich nicht verrückt.«

»Du bist gut. Was, wenn es um deine Freundin gehen würde?«

Tim klopfte ihm erneut auf die Schulter. »Hast ja recht, wenn ich eine hätte, würde ich mir sicher ebensolche Sorgen machen. Okay, sieh zu, ob du irgendwas rausfindest. Ich komme gleich wieder.«

Wenigstens hielt die Angst um Martina Christian dieses Mal wach. Nachdem Tim gegangen war, probierte er es wiederholt auf ihrem Handy. Jedoch weiterhin ohne Ergebnis. Zumindest hatte er die Telefonnummer von einer ihrer Freundinnen gespeichert. Als er Nadine an die Leitung bekam, konnte sie ihm allerdings nicht weiterhelfen. Laut ihrer Angabe war Martina vor einer Stunde aus Düsseldorf abgefahren. Seitdem hatte auch sie nichts von ihr gehört. Christian sparte die Details aus, die ihn zu seiner Sorge trieben, und bat Nadine stattdessen, sich zu melden, wenn sie etwas hören würde.

Es klang für ihn ein wenig so, als ob Nadine in Erwägung zog, Martina könne für ihn absichtlich nicht erreichbar sein. Diese Mädchenabende ... wer konnte schon wissen, worüber die drei sich da immer die Mäuler zerrissen? Wahrscheinlich hatte Martina groß und breit erzählt, dass ihr Freund gerade mit dem Wahnsinn per Du war. Vielleicht hatten sie ihr sogar geraten, den Kontakt abzubrechen.

Aber warum riss das Gespräch mit ihr dann auf so unheimliche Weise ab? Sie würde ihm so was doch nicht vorspielen. Ein Anruf bei ihren Eltern brachte ebenfalls keine Erkenntnis. Abgesehen davon, dass die Bittners ihre Tochter ohnehin kaum zu Gesicht bekamen. Ihre Mutter hatte sich am Telefon bei Christian darüber beschwert, sich quasi ausgeheult.

Die letzte Möglichkeit, die ihm einfiel, waren die Krankenhäuser im Raum Essen. Im Internet hatte er schnell die Nummern rausgesucht und klapperte telefonisch eines nach dem anderen ab. Auch das war nicht von Erfolg gekrönt und er wusste nicht, ob ihn das beruhigen oder verunsichern sollte.

Was war nur geschehen? Martina schien wie vom Erdboden verschluckt zu sein. Die Zweifel an seinem eigenen Verstand bewahrten ihn letztendlich davor, endgültig die Nerven zu verlieren. Den Umstand, dass dieses Telefongespräch mit Martina, welches mit ihrem Schrei endete, ein weiteres Konstrukt seiner Fantasie war, konnte Christian nicht mit Sicherheit ausschließen.

Er merkte gar nicht, wie die Zeit verging. Ehe er sich versah, war Tim zurück und klingelte an der Tür. Christian wunderte sich über gar nichts mehr. Auch nicht darüber, dass Vera, die er, abgesehen von seinem *Albtraum,* noch nie gesehen hatte, exakt so aussah und sogar gleich gekleidet war, wie er sie in dieser Horrorvision kennengelernt hatte. Als sie sich ihm vorstellte, lief es ihm trotzdem kalt den Rücken hinunter, denn die Szenen aus jenem Erlebnis drängten sich in seine Erinnerung.

Kurz darauf saßen die drei zusammen in der Küche. Christian berichtete ihr erneut von den Vorkommnissen. Immer wieder wanderte sein Blick zu ihrer Handtasche, doch in *der* Realität ragte kein Holzbrett aus selbiger hinaus. Er wollte es dennoch genau wissen. »Vera, was hast du vor? Wie glaubst du, mir helfen zu können? Wirst du mit einem Ouija-Brett die Toten beschwören?«

Vera Lubitsch brach in haltloses Gelächter aus. »Christian, ich bitte dich. Solche Spielereien sind was fürs Kino. Du machst dir ein falsches Bild von dem, was ich tue. Uuuh, eine selbst ernannte Hexe. Ja, ich muss zugeben, das mag nach Hollywood klingen. Warum musste sie abgeholt werden? Konnte sie nicht auf ihrem Besen von Hogwarts aus hierherfliegen? Alles Dinge, die ich dutzende Male gehört habe, das kannst du mir glauben.«

Vera entsprach tatsächlich nicht Christians Erwartungen. Schon allein ihre selbstironische Art machte die Fünfunddreißigjährige wahnsinnig sympathisch. Davon abgesehen stellte sie auch für die beiden wesentlich jüngeren Männer eine reizvolle Versuchung dar. Vor allem Tim schien ziemlich von ihr angetan zu sein. Er verbarg es zwar so gut wie möglich, dennoch entgingen Christian seine Blicke nicht.

»Also, fernab von den Hollywoodklischees, die du dir vielleicht gerade ausmalst, tue ich Folgendes: Ich habe eine sehr ausgeprägte Empathie und kann dadurch die Gefühle anderer so intensiv wie meine eigenen empfinden. Weiterhin habe ich Psychologie studiert und mich ebenfalls viel mit der Parapsychologie beschäftigt. Ich betrachte die Dinge gerne aus verschiedenen Perspektiven.«

»Das bedeutet jetzt was? Dass du einfach schaust, ob ich verrückt bin?«

Vera musste laut lachen. »Mein Lieber, verrückt sind wir hier doch alle. Denn das sagt lediglich aus, dass wir von dem, was die Masse als normal bezeichnet, meilenweit entfernt sind. Wir stehen ein Stück daneben, legen eine andere Wahrnehmung an den Tag. Ja, ich werde deine Emotionen, deine Gefühle analysieren. Und gleichzeitig schauen, was hier so vor sich geht. Tim sagte, es geschieht in der Regel gegen einundzwanzig Uhr und wenn du schläfst?«

Christian sah zu seinem Freund hinüber, der Vera weiterhin mit seinen Blicken auszog. »Ja, das stimmt. Entweder zum Zeitpunkt des Unfalls oder während ich auf unerklärliche Art und Weise einfach einschlafe. Ich denke, alles ist real, befinde mich aber in einer Traumwelt und kann den Unterschied nicht mehr erkennen. Ich kann nicht mal mit

Gewissheit sagen, ob ich jetzt wach bin.«

Die weiße Hexe sah ihm tief in die Augen, prüfend, forschend. »Was glaubst du denn? Bist du munter oder ist es ein Traum?«

Christian rutschte nervös auf seinem Stuhl herum, suchte augenscheinlich nach einer Antwort. Er wirkte dabei so, als ob er Angst hätte, sie auszusprechen. »Weißt du, Vera … du warst schon einmal hier. Ihr beide. Du sahst genauso aus, trugst dieselbe Kleidung und wolltest mit einem Ouija-Brett die Toten beschwören, um sie aus dieser Wohnung zu verbannen.«

»Interessant, erzähl weiter. Was ist passiert?«

»Es hat funktioniert … also das mit den Toten rufen. Du wurdest von dem Geist aus dem Zimmer geschleudert. Was danach mit dir geschah, weiß ich nicht. Meine Freundin hat Tim umgebracht und ich wollte im Anschluss sie töten. Dann bin ich aufgewacht.«

Vera musterte den Zwanzigjährigen, studierte regelrecht seine Körpersprache und fühlte in ihn hinein. »Ich spüre große Furcht und ein sehr tiefes Schuldgefühl in dir. Erzähl mir alles. Lass nichts aus …«

»… Ich will jedes noch so unwichtig erscheinende Detail wissen … Erzähl mir von dem Unfall. Ja, genau das hast du in diesem *Traum* auch gesagt.

Wie erklärst du dir das? Oder die Tatsache, dass ich dich kenne, obwohl wir uns nie begegnet sind?«

»Das kann ich nicht. Im Moment nicht. Möglicherweise hast du ja seherische Fähigkeiten oder Visionen. Komm, vertrau mir deine Geschichte an.«

Christian begann abermals von dem ganzen Erlebten zu berichten. Er brach an dem Punkt ab, als die mysteriöse Stimme ihm mitteilte, dass seine Freundin tot sei. Vera spürte den Schmerz, die Verzweiflung und empfand ehrliches Mitgefühl für den jungen Mann, der erneut in Tränen ausbrach.

»Ist schon gut. Beruhige dich. Wir wissen noch nicht, ob wirklich etwas passiert ist. Gib die Hoffnung nicht auf. Hoffnung ist das, was uns immer wieder antreibt. Sie ist unser Motor, unsere Motivation.«

Christian nickte und wischte sich die Tränen weg. »Wie geht es jetzt weiter?«, wollte er wissen.

Vera stand auf und ging im Raum auf und ab. »Du sagst, es fing im Schlafzimmer an? Es ist achtzehn Uhr. Meinst du, es gelingt dir einzuschlafen, während wir dich beobachten?«

»Das ist derzeit mein geringstes Problem. Ich habe vielmehr das Gefühl, nie so richtig wach zu sein.«

»Gut, dann solltest du dich in ungefähr einer

Stunde hinlegen. Ich will, dass du gegen einundzwanzig Uhr tief und fest schläfst.« Sie ging zu der übergroßen Tasche, die wie in Christians *Traum* auf dem Boden stand. Was sie herauszog, war allerdings kein unheimliches Holzbrett, sondern ein paar Räucherstäbchen. »Hiermit räuchern wir dein Schlafzimmer aus. Es hat eine entspannende, beruhigende Wirkung und wird dir beim Einschlafen helfen.«

»Ich hatte jetzt damit gerechnet, dass du sagst: Es vertreibt böse Geister.«

»Ähm, ja, auch das irgendwie.«

Für einen Moment erheiterte ihre Art Christian und er lächelte zaghaft. Sie unterhielten sich noch ein bisschen, bis es schließlich ernst wurde. Kurz nach sieben bekam Christian die Anweisung, sich hinzulegen. Vera und Tim nahmen sich jeweils einen Stuhl mit in den Raum, auf dem sie Platz nahmen. Der Duft der merkwürdig riechenden Räucherstäbchen sorgte tatsächlich dafür, dass Christian sich schnell entspannte. Er schloss die Augen und glitt bald, unter aufmerksamer Beobachtung, in einen tiefen Schlaf.

16

Dass Liebe und Fürsorge ihren Mann dazu getrieben hatten, sie in eine psychiatrische Einrichtung zu bringen, dessen war sich Silvia Ressmer bewusst. Dennoch schlich sich fortwährend der Gedanke in ihren Kopf, dass Ulrich sie abgeschoben hatte, weil sie zu einer Belastung wurde. Oder weil er nicht mehr wusste, wie er mit ihr umgehen sollte. Im Grunde spielte es keine Rolle, denn sie konnte nie lange wütend auf die Liebe ihres Lebens sein. Gerade jetzt, nach dem Verlust ihres Sohnes, würde sie nicht riskieren, auch noch ihren Mann zu verlieren. Er wusste sich in seiner Sorge um ihr Seelenheil eben nicht anders zu helfen.

»Du brauchst mal eine Auszeit und professionelle Hilfe, um den Schmerz zu verarbeiten.«

Anscheinend kannte er seine Frau doch nicht so gut, wie er gedacht hatte. Nicht einmal einen halben Tag war sie dortgeblieben. Zum großen Glück für Silvia ist es in Deutschland gar nicht so einfach, jemanden in die Psychiatrie einzuweisen.

So etwas ist nur möglich, wenn derjenige eine deutlich erkennbare Gefahr für sich selbst oder andere darstellt. Nach einem ausführlichen Gespräch mit dem diensthabenden Psychologen schien dieses Risiko nicht gegeben zu sein. Eine freiwillige Einweisung lehnte Silvia ab.

Der hervorragende Ruf der Hertener Einrichtung war ihr dabei gleichgültig. Silvia hatte einiges vor. Sie trottete gemächlich durch den Schlosspark, welcher direkt angrenzte, und dachte nach. Nein, sie würde nicht nach Hause fahren. Bei dem, was sie vorhatte, würde sie ihren Mann ab sofort raushalten. Sie setzte sich auf eine Wiese in der Nähe des Wasserschlosses und beobachtete geistesabwesend die Enten im Wassergraben. Dieser schlängelte sich in stiller Gelassenheit um das Wahrzeichen der Stadt. Auf der größeren Wiese in ihrem Rücken spielten ein paar Jugendliche Badminton. Ein kleiner hellbrauner Hund, ein Mischling, war plötzlich neben ihr und schnüffelte neugierig an ihren Füßen. Sie wollte ihn gerade streicheln, als hinter ihr auch schon eine unsympathische, viel zu tiefe Frauenstimme ihren »Maxi« rief. Er schaute Silvia aus traurigen braunen Augen an und eilte dann zu seinem *Frauchen*, das alle Klischees einer Sozialhilfeempfängerin erfüllte.

Das lebenslustige Geschnatter der Enten lenkte

ihre finsteren Gedanken nur bedingt ab. Kurz darauf dachte sie nur daran, dass Daniel nie mehr diese lustigen Geräusche hören würde. Dass er nie wieder auf einer Wiese sitzen könnte. Sie waren früher häufig im Schlosspark, als ihr Sohn jünger war, noch ein Kind. Sie blickte nach links auf die Gabelung und sah es wie einen Film aus vergangenen Tagen. Sie hatten seinen achten Geburtstag gefeiert. Es war Daniels erstes BMX-Rad, mit dem er genau an der Stelle so böse hingefallen war. Er hatte sich sein Knie an ein paar spitzen Steinen furchtbar aufgeschnitten. Ulrich reagierte ohne nachzudenken. Er hatte Daniel sofort gepackt und ihn bis in die Notaufnahme des Krankenhauses getragen, das auf der anderen Seite an den Park grenzte. Die Wunde musste mit fünf Stichen genäht werden. In ihrer Sorge um Daniel hatten sowohl Silvia als auch Ulli das Rad völlig vergessen. Später war es selbstverständlich verschwunden. Im Nachhinein spielte es jedoch keine Rolle. Sie wollten ihm ein neues Rad kaufen, doch durch den Sturz hatte er eine Abneigung gegen Fahrräder entwickelt. Gebranntes Kind scheut das Feuer. Er hatte einfach Angst, sich noch mal auf den Sattel zu schwingen. Und als diese Furcht sich verflüchtigte, lagen die Interessen bereits bei anderen Dingen.

Der Film vor ihrem geistigen Auge wurde zunehmend undeutlicher und verschwand schließlich. Sie blickte ins Leere und fasste den Entschluss, zunächst in ein Hotel zu gehen. Nicht für lange. Nur für die Zeit, die nötig wäre, um ihre Pläne in die Tat umzusetzen. Um sich durch nichts und niemanden davon ablenken zu lassen. Und vor allem, um sich nicht aufhalten zu lassen, bevor sie endlich mit Christian Lempke fertig war.

17

Dieser Schlaf war anders. Tiefer, wenngleich auch von kurzer Dauer. Es waren erneut Geräusche, die ihn aufschrecken ließen. Doch da war noch etwas. Ein merkwürdiges Kitzeln. Er spürte es an seinen Füßen. Schließlich auf den Beinen und an seinem Kopf. Der ganze Raum war von einem ungewöhnlichen Rascheln erfüllt, als ob Popcorn von der Decke rieseln würde. Als das kitzelige Gefühl die Wangen erreichte, riss er die Augen auf und wischte sich mit der Handfläche durchs Gesicht. Daraufhin kribbelte es an seiner Hand. Christian erinnerte sich wieder daran, dass er nicht alleine im Raum war. »Vera, schalte das Licht an«, rief er. Im selben Moment wünschte er sich, er hätte es nicht getan.

Christian erblickte die Ursache für das Kitzeln und schrie augenblicklich wie am Spieß. Auf seiner Hand krabbelten gut ein Dutzend Wolfsspinnen. Er schlug den Handrücken auf die Bettdecke und warf diese anschließend auf den Fußboden. Gleich darauf nahm sein Schrei an Lautstärke und Intensität gewaltig zu.

Das ganze Bett, die Füße und Beine waren schwarz. Und diese Schwärze bewegte sich rasant weiter nach oben. Er sprang auf und versuchte, sich seine Albtraumtiere vom Körper zu wischen. Doch die achtbeinigen Monster waren überall. Sie kamen die Wände hinuntergekrabbelt, fielen in Scharen von der Decke und hatten einen Großteil des Bodens bedeckt.

Diese Art der Arachniden fand Christian schon immer mit am ekeligsten. Drei Merkmale der Jäger der Nacht waren für ihn am schlimmsten. Sie wurden schnell ziemlich groß, wenn man sie nicht bereits in einem frühen Stadium erledigte. Eben *das* war gar nicht so einfach, denn die Viecher waren unglaublich flink. Und zu guter Letzt war es ihr Aussehen. Bei Christian gab es die Grundregel: je dicker der Spinnenkörper, desto ekelhafter die Spinne. Und diese Brut ähnelte sehr der abscheulichsten, für ihn an Widerlichkeit nicht zu überbietenden Spezies: der Vogelspinne. Allein von dem Namen bekam er so eine Gänsehaut, dass es ihm kaum möglich war, ihn auszusprechen. Nun mit ansehen zu müssen, wie Abertausende der scheußlichen Ungeheuer sich in seinem Schlafzimmer ausbreiteten, war für ihn an Grausamkeit nicht mehr zu toppen.

Immer wieder versuchte er, mit der Handfläche die Krabbeltiere vom Körper zu fegen. Es war ein sinnloses Unterfangen. Für jedes der Tiere, das er erfolgreich von seiner Haut verbannte, tauchten Dutzende neue auf. Ihre haarigen dünnen Beine bewegten sich scheinbar über jeden Zentimeter seiner Gänsehaut. Millionen schwarzer Augen beobachteten ihn aus sämtlichen Winkeln des Raumes. Er konnte sie nicht sehen, dennoch spürte er jedes einzelne Augenpaar auf sich ruhen.

Christian schrie um Hilfe, aber weder Tim noch Vera rührten sich. Sie saßen einfach mit geschlossenen Augen da. Wie konnte das sein? Vera hatte doch gerade das Licht eingeschaltet. Und nun schien sie seelenruhig zu schlafen, während unzählige der abscheulichen Spinnen über sie krabbelten und bald ihren gesamten Körper bedeckten. Bei Tim sah es nicht anders aus. Nur sein Kopf war weitestgehend unbedeckt.

Christian schrie sich weiter die Seele aus dem Leib und wollte schließlich in seiner Verzweiflung aus dem Zimmer rennen. Die Tür war nicht mehr da. Verschwunden hinter einem gigantischen Netz, auf dem sich alle möglichen Arten der achtbeinigen Horrorgestalten tummelten.

»TIM! VERA! So helft mir doch! WACHT AUF!« Er fasste sich ins Haar und zog eine Handvoll der Viecher hinaus, die allerdings flugs wieder an seinen Armen hinaufkletterten.

Tims Mund öffnete sich langsam. Acht haarige, dicke schwarze Beine schälten sich aus der Mundhöhle, gefolgt von dem fetten schwarzen, noch haarigeren Körper. Die Vogelspinne kletterte auf den Kopf. Tim schlug die Augen auf. Pupillen waren keine zu sehen, nur das Weiß des Augapfels. Dann sprach er mit der altbekannten Stimme eines Besessenen: »Wovor hast du Angst?« Weitere abertausende Wolfsspinnen krabbelten aus dem weit aufgerissenen Mund, während die Vogelspinne wie eine Königin über allem thronte.

Bei Vera geschah genau das Gegenteil. Auch sie hatte plötzlich den Mund geöffnet, doch bei ihr krabbelten die Ungetüme nicht heraus, sondern hinein. Sie riss die Augen auf. Ebenfalls gänzlich weiß. Die achtbeinigen Jäger krochen schließlich durch diese und durch die Nasenlöcher in Veras Körper. Christians Verstand war endgültig überfordert, als der spinnenübersäte Körper mit einer schnellen, ruckartigen Bewegung in der Luft schwebte.

Dann schrie auch Vera mit der schrillen, sich mehrfach überlagernden Stimme: »Feigling, Feigling! Wir wissen, wovor du dich fürchtest!«

Vera glitt auf ihn zu und Christians Panik gewann die Oberhand. Sich quasi im Zentrum seines größten Horrors zu befinden war zu viel für ihn. Sein Schrei verstummte, seine Augen drehten sich nach innen und er fiel bewusstlos rücklings auf sein Bett.

Im selben Moment, zumindest nahm er es so wahr, öffnete er die Augen erneut. Er saß lauthals schreiend auf seinem Bett. Die Monster waren allesamt verschwunden. Und dennoch suchte er mit seinem Blick immer wieder jeden einzelnen Winkel ab. Es schüttelte ihn am gesamten Körper. Die Angst und der grenzenlose Ekel waren weiterhin da. Diese Abscheu konnte man nicht abschütteln oder ausschalten.

Wahrscheinlich würde Christian in dem Raum nie wieder ein Auge zumachen können. Er erinnerte sich an den letzten Sommer. Es war nur eine einzige der widerlichen Kreaturen gewesen, aber er war nicht schnell genug und sie hatte sich in irgendeine dunkle Ecke verzogen. Es hatte zwei Wochen und eine ganze Dose Insektenspray gekostet, bis er sich in sein Bett getraut hatte. Die Vorstellung, dass das Vieh auf ihm rumkrabbeln könnte, während er schlief, war einfach zu abscheulich. Oder schlimmer noch: dass sie in ihn hineinkriechen könnte. Er hatte schon oft gehört, dass Schlafende irgendwelche Insekten oder Spinnen verschluckten, ohne es mitzubekommen. Der Gedanke gruselte ihn mehr als all das, was in seiner Videosammlung zu finden war.

Tim und Vera starrten ihn konzentriert an und sagten keinen Ton.

»Scheiße, mein Gott … es war wieder nur ein Traum. Oh mein Gott, es war so …«

Just in diesem Moment geschahen mehrere Dinge zeitgleich. Die Lampe fing an, hektisch hin- und herzupendeln. Die Tür sprang immer wieder auf und knallte von selbst zu. Das Rollo fuhr unentwegt auf und ab. Schreie unzähliger Stimmen durchfluteten den Raum. Eine erdrückende Kälte breitete sich langsam aus. Das Bett begann zu wackeln und jemand schien von innen heraus sehr laut gegen die Schranktüren zu klopfen.

»Seht ihr das? Hört ihr das? Vera? Siehst du? Ich bin nicht verrückt. Die Scheiße passiert wirklich.«

Vera sprang von ihrem Stuhl, war mit einem großen Schritt bei ihm und nahm sein Gesicht in ihre zarten Hände. »Ja, Christian. Ich sehe und höre es auch. Du hast recht. Es geschieht wahrhaftig und du musst jetzt damit aufhören.«

»Was? Wieso ich? Hast du sie noch alle?«

»Weil das hier nicht von einem Geist oder einem anderen Wesen verursacht wird. Du bist es. Du selbst. Du ganz allein.«

Er sah sie aus starren, vor Unverständnis weit aufgerissenen Augen an. »NEIN! Das kann nicht sein. Es ist Daniel. Er will mich …«

»… bestrafen? Nein, Christian. *Du* willst das. Deine Schuldgefühle sind so stark, dass es DEIN Geist ist, der all das hier manifestiert. Du lässt all diesen Schrecken real werden.« Er wollte sich von ihr abwenden, aber sie ließ nicht locker. »Hör mir zu, Christian. Unser Verstand ist viel mächtiger, als es die Schulweisheit uns lehrt. Die meisten unerklärlichen Phänomene werden tatsächlich vom eigenen Bewusstsein erschaffen und können greifbar werden. Genau wie alles andere um uns herum.«

Tim stellte sich neben Vera und versuchte ebenfalls besänftigend auf seinen Freund einzuwirken. »Vertrau ihr, sie weiß, wovon sie redet.«

Doch Christian nahm seine Worte gar nicht richtig wahr. Seine Aufmerksamkeit war zu dem Spiegel gewandert, vor dem Tim stand. Und zu der geisterhaften, fast durchsichtigen Hand, die aus ihm herausragte. »Tim, du solltest da schleunigst weggehen«, schrie er.

»Christian, beruhige dich. Alles ist gut. Du musst nur wieder runterkommen. All das hier ist nur eine Illusion.«

»Fick dich, Vera.« Er stieß sie brutal zur Seite.

Als er gerade dasselbe mit Tim tun wollte, schälte sich die bläulich schimmernde Erscheinung vollständig aus dem Spiegel und drang in den Körper seines Freundes ein. Tims Pupillen wurden erneut weiß. Er gab ein unheimliches Stöhnen von sich, hob ein Stück vom Boden ab und packte Vera an der Kehle. Die Stimme, mit der er zu sprechen begann, klang grausiger als alles Vorherige. Es waren Dutzende von sehr tiefen und ungleich hohen Tonlagen, die sich zu einem infernalischen Mix zusammenfanden, der in den Ohren schmerzte. »Du weiße Fotze. Du glaubst, ich bin nur ein Gedanke, ein Schuldgefühl dieses erbärmlichen Feiglings? Dieses Mörders?«

»Christian, hör sofort auf damit, du tust mir weh.«

»Du tust mir weh, du tust mir weh«, wiederholte das Wesen, das gerade noch Tim war, hämisch.

Christian schlug mit beiden Händen fest auf den Arm seines Freundes, oder wer immer da nun vor ihm stand, ein. »Lass sie los, Daniel.«

Veras nächster Satz war bereits nur ein ersticktes Gurgeln. »Das ist nicht Daniel. Daniel ist tot. Du tust das, Christian. Nur du. Wach endlich auf, hilf mir.«

»Was redest du da für einen Schwachsinn, Hexe?«, schrie er sie an. Er zerrte an Tim und schlug immer wieder auf ihn ein. Gleich so, als hämmere er gegen einen Sandsack. Tim zeigte nicht die geringste Reaktion. Sein Kopf drehte sich zu Christian. Er lachte wie der Leibhaftige, hob Vera ein Stück höher und verstärkte seinen Griff. Sie wollte etwas sagen, doch der Schraubstock um ihren Hals ließ keine weiteren Worte hinausdringen. »Tim, LASS SIE LOS!«

Christian prügelte ihm mit der Faust in die lachende Fratze. Fügte sich damit jedoch selbst Schmerzen zu. Tim reagierte weiterhin nicht. Dann hörte er das laute Knirschen und Knacken. »NEIN!«

Veras Kopf sackte nach hinten, als hinge er nur an einem dünnen Faden. Ihre Augen aufgerissen, die Pupillen nach innen gedreht. Der Körper, der gerade noch wild um sich geschlagen und getreten hatte, der alles Erdenkliche versucht hatte, um sich aus dem Würgegriff zu befreien, erschlaffte. Tim sah sich sein Werk an und warf Veras Körper wie eine leere, gewichtslose Hülle durch den Raum.

Christian war auf die Knie gesackt. »Nein! Verdammt! Was hast du getan?« Er weinte und schrie zugleich, während Tim sich ein Stück in die Luft erhob und sich ihm zuwandte.

»Wie gefällt dir das? Sie werden sagen, DU hättest sie getötet. Sie werden dich nennen, wie du es verdient hast: einen verfluchten Mörder.«

Christians Gedanken liefen Amok. Panik ergriff Besitz von jeder Zelle seines Körpers. Dann verstummte sein Kopf. Der den Menschen tief innewohnende Überlebensinstinkt übernahm vollständig das Ruder. Er kroch blitzschnell unter Tim hindurch, sprang auf und machte einen schnellen Satz zur Tür. Das Spinnennetz, welches sie zuvor versperrt hatte, war glücklicherweise verschwunden. Christian riss sie in einer zügigen Bewegung auf und hechtete in den Flur. Tim drehte sich langsam, noch immer schwebend, um und folgte ihm gemächlich. Wohl wissend, dass sein Opfer die Wohnung ja doch nicht verlassen konnte.

»Wo willst du denn hin, Mörder?« Seine Stimme klang mit jedem Wort fremder und unheimlicher.

Christian blickte nur kurz zurück. Als er feststellte, dass dieses Wesen, was seinen Freund in Besitz genommen hatte, ihn verfolgte, rannte er in die Küche. Sein Ziel war der Messerblock, der zur Deko neben seiner Spüle stand. Christian war kein großer Koch und lebte mehr von Fertiggerichten und Dosen. Das Messer-Set hatte er irgendwann einmal geschenkt bekommen. Ein Kumpel meinte, die Klingen sähen so bedrohlich aus und würden zu

Christians Horrorfilmen passen. Er griff nach dem größten und zog es aus der magnetischen Halterung des Holzblockes. Das Geräusch, welches dabei entstand, erinnerte an ein Schwert, das aus der Scheide gezogen wurde.

Tim schwebte sehr langsam durch den Flur und verhöhnte ihn weiter. »Feigling! Mörder! Sie werden dich in die Irrenanstalt bringen. Seht euch den Verrückten an, werden sie sagen und dich in eine Zwangsjacke stecken. Sie werden dein kaputtes Hirn mit Elektroschocks endgültig frittieren. Solange, bis du dich nicht mal mehr an deinen eigenen Namen erinnerst. Du Bastard.«

Christian stand mit dem unterarmlangen Küchenmesser bewaffnet im Türrahmen. »Halt endlich dein verdammtes Maul, du elendes Monster!« Er spuckte unkontrolliert Speichel durch die Gegend. Tränen liefen ihm unaufhörlich über sein Gesicht. Christian spürte sie nicht einmal. Er hob seinen Arm. Die Edelstahlklinge reflektierte das Licht des Deckenstrahlers und lechzte regelrecht nach Blut. Christian befand sich auf Autopilot. Er glich einem schnaufenden, gehetzten Tier, welches in die Enge getrieben worden war. Die möglichen Konsequenzen für sein Tun verschwammen mit den Gedanken in einem Strudel aus Furcht, Verwirrung und dem Willen zu überleben. Dann verstummten auch die letzten Anflüge aufkeimender Vernunft und er war zu allem bereit.

18

Für einen kurzen Augenblick, der die Ewigkeit gepachtet zu haben schien, standen sich die beiden gegenüber. Sie glichen zwei Revolverhelden, die im staubigen Sand vor dem Saloon auf die *eine*, die *falsche* Bewegung des Kontrahenten warteten. High Noon. Angespanntes Ausharren. Seinen Gegner genau analysierend und den richtigen Moment abpassend. Tims Körper zuckte ungesteuert hin und her, wie der eines Parkinsonkranken. Gelber Schleim lief ihm aus dem Mundwinkel und die weißen Augen starrten Christian hasserfüllt an. Eine unheilvolle Stille kehrte ein. Tim verharrte einige Zentimeter schwebend in der Luft und Christian stand weiterhin mit dem erhobenen Messer am Türrahmen der Küche.

Die Türklingel ließ beide zusammenzucken. Ihre Blicke wanderten vorsichtig zum Eingang, ohne den anderen ganz aus den Augen zu lassen. Es läutete ein weiteres Mal. Christian kam nicht dazu, einen Gedanken zu fassen, denn zeitgleich mit dem zweiten Klingeln stürmte sein besessener

Freund fauchend und Galle spuckend auf ihn zu. Christian reagierte sofort. Er sprang dem Angreifer einen Schritt entgegen und stach mit aller Gewalt zu.

Von außen wurde ein Schlüssel hörbar in den Zylinder des Schlosses gesteckt. Tim und Christian prallten mit voller Wucht gegeneinander, als die Tür aufgerissen wurde. Martina stand plötzlich im Flur, sah die beiden Männer zu Boden gehen und schrie hysterisch – sirenengleich. Christian konnte nur mutmaßen, was sie mehr schockierte. Der Griff des Messers, der aus Tims Bauch ragte, oder seine blutüberströmte Hand, die er augenblicklich, erschrocken über die eigene Tat, sinken ließ.

Wie auf Bestellung wirkte Tim ohne jeden Übergang ganz klar und wie er selbst. Er spuckte dicke rote Flecken auf den Fußboden, als er sie anflehte: »Martina, hilf mir, bitte. Er ist völlig wahnsinnig geworden.«

Christian sah ihn bestürzt an. Sein Blick wanderte von dem Messer zu seiner blutroten Hand und schließlich zu Martina. »Du ... es ist nicht so wie es ... er ...« Dann realisierte er erst richtig, wer dort vor ihm stand. Sie war nicht tot. Im Gegenteil, ihr schien nicht das Geringste geschehen zu sein. Offenbar hatte es sich bei dem Telefonat doch *nur* um einen seiner Träume gehandelt. Christian war beruhigt und angsterfüllt zu gleichen Teilen. Seiner Freundin ging es gut, dafür lag Tim blutend vor ihm, bereits kreidebleich im Gesicht. Christian sprang auf und eilte zu Martina. Sie wich seinem Umarmungsversuch jedoch angewidert aus. »Schatz. Du lebst, ich bin so froh ...«

»Sag mal, bist du jetzt endgültig übergeschnappt?« Sie stieß ihn von sich und kramte schnell nach ihrem Handy. »Was stimmt nicht mit dir? Was um alles in der Welt stimmt nicht mit dir, du Psychopath?«, schrie sie ihn hysterisch an. »Siehst du das? Siehst du, was du getan hast? Er stirbt! Du hast ihn umgebracht!« Sie schaute hinunter zu dem Bewusstlosen.

Christian versuchte vergeblich, sie zu beruhigen. »Das ist nicht Tim, es ist Daniel. Oder besser gesagt sein Geist. Er hat Vera umgebracht und dann wollte er mich ebenfalls ...«

Martina schlug die Hände über dem Kopf zusammen. »Mann, hörst du dich mal reden? Was geht nur in deinem gestörten Schädel vor sich?« Sie tippte eine Nummer in ihr Handy ein.

»Vertrau mir, genauso ist es gewesen. Ich schwöre es. Wen rufst du an?«

»Na, was glaubst du wohl? Ich rufe einen Krankenwagen. Denkst du etwa, ich lasse Tim hier einfach so verbluten?«

Christians Gedanken überschlugen sich. Er sah in seine finstere Zukunft. Sah Ärzte und Polizisten. Hörte Fragen, auf die er keine Antwort wusste und Richter, die dafür nicht das geringste Verständnis aufbrachten. Kurzerhand schlug er ihr das Mobiltelefon aus der Hand.

»Sag mal, spinnst du jetzt komplett?« Sie holte aus und gab ihm eine kräftige Ohrfeige. Im Affekt schlug er zurück. Mit der Faust. Martina fiel hinten über, mit dem Kopf gegen die Wohnungstür. Voller Abscheu und Entsetzen fixierten ihre Blicke den Mann, den sie einmal geliebt hatte. »Du krankes Arschloch gehörst endlich weggesperrt.«

»Es tut mir leid, Schatz. Aber ich kann nicht zulassen, dass du einen Krankenwagen rufst. Die werden sicher die Polizei informieren und ich habe nicht vor, die nächsten Jahre im Knast zu verbringen.«

»Im Gefängnis? In die psychiatrische Anstalt werden sie dich stecken. In eine verdammte Gummizelle werden sie dich sperren und den verfluchten Schlüssel wegwerfen.«

Christian nahm das Handy vom Boden und stopfte es sich in die Hosentasche. Dann packte er Martina an den Haaren und zog sie unsanft hinter sich her in die Küche. Sie schrie und fluchte, probierte alles, um sich dagegen zu wehren – vergeblich. Christian war stärker. Er kramte in der Küchenschublade nach dem Klebeband, ließ Martina dabei jedoch nicht eine Sekunde aus den Augen. »Ich werde es dir beweisen. Eine Nacht in meiner Wohnung und du wirst mir glauben *müssen*. So wie in meinem Traum.«

Martina schrie immer wieder laut um Hilfe. Sie strampelte wie wild umher, doch Christian ließ nicht locker. Er bekam das Panzerband zu fassen, zog es aus der Schublade und im selben Moment traf ihn etwas hart am Hinterkopf. Tim war wieder zu sich gekommen. Seine letzten Kraftreserven mobilisierend, hatte er sich auf die Beine gekämpft, eine blutige Spur hinter sich herziehend. Das aus der Wunde gezogene Messer lag in der großen Lache im Flur. Mit allerletzter Kraft hatte Tim nach der schmutzigen Bratpfanne auf dem Herd gegriffen. Einen hellen Lichtblitz später sackte Christian bewusstlos zu Boden.

19

»Mörder, Psychopath, Bastard …« Immer wieder hallten diese und schlimmere Worte durch seinen benommenen Kopf. Er hatte die Augen geöffnet, nur kurz, einen kaum wahrnehmbaren Moment. Das verschleierte Bild verschwamm und drehte sich. Aber auch die sich schnell schließenden Lider konnten nicht vor dem einsetzenden Kopfschmerz schützen, der sich in sämtliche Richtungen ausbreitete, als hätte man einen Stein in einen See geworfen.

Was war nur geschehen? Christian erinnerte sich nicht. Die Schmerzen verhinderten, sich näher darauf zu konzentrieren. Lag er in einem Bett? In seinem zumindest nicht, dafür war der Raum eindeutig zu hell, wie er durch den Nebelschleier wahrnehmen konnte. Bei jedem Versuch, eine Erinnerung abzurufen, schien sich ein langer, rostiger Nagel durch sein Gehirn zu bohren. Stimmenwirrwarr drang an seine Ohren. Unverständlich und mühselig zu deuten. Denn auch hier entstand der Eindruck, alles durch einen diffusen Filter zu hören, der die Geräusche zu einem zähen Brei vermischte. Waren es Frauenstimmen? Christian versuchte noch einmal die Augen zu öffnen, doch die vorherrschende Helligkeit drohte, seinen Kopf in tausend Stücke zerbersten zu lassen.

»Schmerzen … Kopf …«, stammelte er kaum hörbar.

Die Antwort kam nur Momente danach in Form eines Einstiches in seine Armbeuge. Er reagierte nur mit einem leichten Zucken. Zu einer richtigen Bewegung war Christian nicht fähig. Sein Körper fühlte sich wie ein Betonklotz an. Schwer, steif, zu nichts mehr zu gebrauchen. Was immer man ihm soeben verabreicht hatte, er fiel wenige Augenblicke später in einen tiefen, traumlosen Schlaf.

***

Das Hotelzimmer, in dem Silvia Ressmer sich einquartiert hatte, bot nicht gerade eine gehobene Ausstattung. Hätte sie das für nötig erachtet, wäre ihre Wahl sicher auf ein anderes gefallen. In der Absteige stellte man zumindest keine unangenehmen Fragen.

Nachts hörte sie laute Stöhngeräusche aus den Nachbarzimmern. Bis vor Kurzem hätte Silvia diesen Ort als Sodom und Gomorra deklariert. Als Sündenpfuhl. Doch der Glaube hatte sie verlassen. Er war einem unbändigen Zorn und unsagbarer Enttäuschung gewichen. Ob die Freier wegen ihres Ehebruches in der Hölle schmoren würden oder eine Belobigung von dem sadistischen Gott bekämen, war ihr gleichgültig. Am ersten Abend hatte sie sich in gewisser Weise peinlich von den Geräuschen berührt gefühlt. Nach drei Tagen nahm sie die Lustbekundungen kaum mehr wahr.

»Mach dir keine Sorgen um mich. Ich brauche eine Weile, um zu mir selbst zu finden.« Den Anruf bei ihrem Mann hatte sie knapp gehalten.

»Ich dachte, du wärst in der Klinik, Schatz? Wirklich, du solltest die Hilfe annehmen. Ich meine es nur gut.« Ulrich fühlte sich hilflos.

»Ich benötige keine Möchtegern-Psychoärzte, die mir sagen, ich solle meine Trauer zulassen. Ich bin weder dumm noch verrückt.«

Ulrich schnaufte am anderen Ende der Leitung und verlieh somit seiner Ratlosigkeit Ausdruck. »Dann komm doch wenigstens nach Hause. Lass uns diese schwere Zeit gemeinsam bewältigen. Schatz, ich bin für dich da.«

»Das weiß ich. Es ändert jedoch nichts daran, dass ich ein paar Tage für mich brauche. Wenn du mich liebst, dann akzeptierst du das.«

Ihm blieb nichts anderes übrig. Sie hatte ihm nicht verraten, wo sie war, und auch nicht, wann sie gedachte zurückzukommen. Bevor er weitere Fragen stellen konnte, hatte sie schon wieder aufgelegt. *Er solle sich keine Sorgen machen.* Leicht gesagt, wenn die Ehefrau plötzlich verschwindet und einem nicht den Aufenthaltsort preisgibt. Sollte er vielleicht die Polizei einschalten? Aber mit welcher Begründung?

Er ahnte ja nicht, dass sich bereits eine Vorladung auf dem Postweg befand. Schließlich hatte er von dem Vorfall in der Kirche noch nichts gehört. Ebenso wenig wie von der Anzeige gegen seine Frau, von der sie ebenfalls nichts wusste. Wozu auch? Es hätte sie nicht interessiert.

Silvia war auf ein einziges Ziel fixiert, und das hieß Christian Lempke. Dass er nicht zu Hause war, machte ihr Vorhaben auf eine Art schwieriger, doch auf eine andere Art wurde genau dadurch ihr Plan erst möglich. Drei Tage lang hatte sie sich nun wie ein Spion verhalten. Beobachtet, ausgekundschaftet und geplant. Lempke musste den Preis bezahlen. Es war sein Auto, seine Rostlaube. Er hätte am Steuer sitzen müssen, nicht ihr Sohn, der gerade seinen Führerschein bekommen hatte. Jedoch war Silvias Selbsterhaltungstrieb ausgeprägt genug, um nicht dafür büßen zu wollen, was sie ihm angedeihen lassen würde. Nein, das konnte sie ihrem Mann nicht antun, dass er sie auch noch verlöre. Deshalb war es unabdingbar, jeden ihrer Schritte wohl zu überlegen. Nichts durfte dem Zufall überlassen werden. Bei dem, was sie vorhatte, durfte sie keinesfalls gesehen werden. Und würde es durch einen dummen Zufall dennoch Zeugen geben, sollten die sich an etwas erinnern, das nicht aussagekräftig genug war.

Sie hatte sich wiederholt in das Gebäude begeben. Stets mit einer anderen Perücke, immer mit auffällig unterschiedlichem Kleidungsstil. Niemand beachtete sie. Sie war eine Besucherin. Nichts Ungewöhnliches an diesem Ort.

Mittlerweile hatte sie die Räumlichkeiten geradezu akribisch kartografiert. Silvia wusste genau, wo ihr heutiges Ziel lag. Sie musste nur den richtigen Moment abpassen. Der kam schneller als erwartet.

Ein Notfall sorgte für Aufregung im Schwesternzimmer. Irgendetwas war geschehen, das die Aufmerksamkeit der drei Diensthabenden erforderte. Sie eilten aus dem Zimmer und Silvia schlich sogleich unbemerkt hinein. Sie öffnete eine weitere Tür und gelangte in eine Art Umkleideraum, in dem sich auch einige Spinde befanden. Ein flüchtiger Blick auf die Größen der vorgefundenen Kittel reichte aus. Noch ehe sie jemand bemerken konnte, war sie mit dem Kleidungsstück in der Tasche verschwunden.

20

Können Sie mich verstehen?« Die Stimme drang behäbig an Christians Ohren und wurde sekündlich klarer. »Herr Lempke?«

Vorsichtig, in furchtsamer Erwartung einer erneuten Schmerzoffensive, öffnete er die Augen. Der befürchtete Schmerz trat jedoch nicht ein. Christian musste sich nur kurz an das Licht gewöhnen, dann sahen seine Augen schärfer. Eine weiß gekleidete Frau stand über ihn gebeugt und musterte ihn mit skeptischen Blicken. Die Fünfzig schien sie weit überschritten zu haben. Zumindest sprach ihr recht faltiges Gesicht dahingehend eine deutliche Sprache. Der Ansatz ihrer offenbar blond gefärbten Haare zeigte zudem so einige ergraute Stellen.

»Wissen Sie, welcher Tag heute ist? Oder wie Sie hierhergekommen sind?«

Ihrer kratzigen Stimme nach zu urteilen, korrigierte Christian die Alterseinschätzung sogar noch nach oben. »Machen Sie Witze? Ich weiß nicht mal, wo dieses *Hier* ist. Geschweige denn, ob das hier die Realität oder einer meiner Träume ist.« Während er die Worte sprach, wollte er sich aufsetzen – es funktionierte nicht. Als er versuchte, seine Hand zu heben, wurde ihm schlagartig bewusst, in welcher Lage er sich befand.

»Es tut mir leid, Herr Lempke, wir mussten Sie am Bett fixieren. Sie waren bei Ihrer Einlieferung, vorsichtig ausgedrückt, außer Kontrolle.«

Die Aussage der Schwester oder Pflegerin traf ihn wie ein Vorschlaghammer. »Einlieferung? Fixiert? Außer Kontrolle? Was zur Hölle geht hier vor? Machen Sie mich sofort los.« Er zerrte an den Gurten – es gab kein Entkommen.

»Oh, ich fürchte, das kann ich nicht tun, Herr Lempke. Die Entscheidung obliegt dem behandelnden Arzt.«

»Arzt? Verdammte Scheiße, wollen Sie mir vielleicht endlich mal erklären, was hier eigentlich los ist und wo ich bin?«

»Beruhigen Sie sich. Doktor Phillips wird bald bei Ihnen sein und Ihre Fragen beantworten.« Mit diesen Worten verließ die Frau das geradezu erdrückend leere Zimmer.

Christian konnte deutlich hören, wie die Tür von außen abgeschlossen wurde und verfiel unmittelbar in Panik. »Hallo?! Sind Sie bescheuert? Sie können mich hier nicht einfach so liegenlassen.

Hilfeeee!« Er zerrte an den Gurten, die seine Handgelenke an die Matratze pressten. Er bewegte kräftig die Beine hin und her, um die Fesseln zu lösen. Doch ohne erkennbaren Erfolg. »Das ist nur ein Traum, nur ein neues Hirngespinst«, sagte er einem Gebet gleich immer wieder zu sich selbst. Mit jeder Silbe wurde er leiser, kläglicher. Sein Schluchzen hingegen wurde lauter und intensiver. Keiner seiner Hilfeschreie wurde erhört. Das Unvermögen, aus eigener Kraft und eigenem Willen heraus, aufzustehen, schnürte ihm die Kehle zu. Eine nie gekannte Beklemmung hüllte ihn gnadenlos ein, drohte ihn fast zu zerquetschen.

Wie viel Zeit verging, bevor der angekündigte ominöse Arzt ihn aufsuchte, vermochte Christian nicht zu sagen. Ihm zumindest kam es wie eine Ewigkeit vor. Den Kampf, sich aus seinen Fesseln zu befreien, hatte er längst aufgegeben. Obwohl es sich *nur* um Manschetten aus einem festen Stoff handelte, so verhinderten sie dennoch jeden Ausbruchversuch seinerseits. Als schließlich die Tür aufgeschlossen wurde, betrat ein hagerer Mann, Mitte vierzig, den Raum. Er lächelte, doch es wirkte irgendwie unecht und kalt. Beim übertriebenen Gelen seiner Kurzhaarfrisur schien ihm eine dicke Strähne entgangen zu sein, die verspielt vor der hohen Stirn herumwippte. Möglicherweise war das aber auch Absicht und einfach sein Style. Er wirkte auf den ersten Blick mehr wie ein selbstverliebter Dressman, als ein Doktor für was auch immer. *Dr. Raimund Phillips* war auf einem kleinen Namensschild zu lesen, das an dem offenen weißen Kittel angebracht war. Darunter trug er ein dunkles Hemd mit einer hellgrauen Krawatte. Alles erweckte einen unstimmigen Eindruck, nicht passend für diesen Ort. Was auch immer das für ein Ort sein mochte.

Christian hatte selbstverständlich eine Vermutung, jedoch verdrängte er den Gedanken unverzüglich, weil er ihm mehr Furcht bereitete, als die Spinneninvasion in seiner Wohnung.

Dr. Phillips sorgte postwendend dafür, dass Christians schlimmste Befürchtungen zu einer erschreckenden Wahrheit wurden. »Herr Lempke. Wie geht es Ihnen heute?«

»Wollen Sie mich auf den Arm nehmen? Ich liege gefesselt in einem Bett, von dem ich nicht weiß, wo es steht. Meine Hilferufe werden ignoriert. Ebenfalls die Tatsache, dass ich nicht einmal alleine auf die Toilette gehen kann. Also, was denken Sie wohl, wie es mir geht?«

Phillips ließ ein gekünsteltes Lachen erklingen. »Aber ja. Natürlich, das verstehe ich. Sie wissen demzufolge nicht, was geschehen ist? Warum Sie hier sind und weshalb wir Sie ruhigstellen mussten?«

Die Angst in Christian räumte der Wut ihren angebrachten Raum ein. »Nein verdammt! Wo ist HIER?«

»Herr Lempke, Sie befinden sich in der geschlossenen Abteilung der LWL-Klinik für Psychiatrie und Psychotherapie in Herten. Man brachte Sie her, nachdem Sie zwei Ihrer Freunde umgebracht haben. Es war Ihre Partnerin, Fräulein Bittner, die den Krankenwagen und die Polizei verständigt hatte.«

Christian konnte nicht glauben, was er da hörte. Sagte der Mann die Wahrheit? Warum konnte er sich dann nicht im Entferntesten daran erinnern? Zumal alle anderen Ereignisse in seiner Wohnung nach wie vor sehr präsent in seinem Kopf umherspukten. »Sie verarschen mich doch«, brach es aus ihm heraus. »Das ist nur wieder einer meiner merkwürdigen Albträume und Sie sind gar nicht real!«

Der Arzt beugte sich über seinen Patienten und sah ihm tief in die Augen. »Ja, man berichtete mir von Ihren Sinnestäuschungen. Davon, dass Sie kaum mehr in der Lage wären, Traum und Realität auseinanderzuhalten. Aber keine Angst, wir werden Ihnen helfen.«

»Verfickte Scheiße, binden Sie mich los und

lassen Sie mich auf der Stelle hier raus. Sie haben keine Ahnung, was Sie tun. Er wird mich auch hier finden und dann werden alle sterben. Verstehen Sie? Alle hier werden sterben.«

Dr. Phillips holte ein kleines Diktiergerät aus seiner Kitteltasche und sprach ein paar Notizen hinein: »Paranoide Wahnvorstellungen, mögliche schizoide Persönlichkeitsstörung mit deutlichem Aggressionspotenzial …«

»Ticken Sie noch ganz richtig? Wir sind hier in Deutschland. Hier kann man nicht einfach Leute gegen ihren Willen in die Klapsmühle stecken.«

»Ich muss doch sehr bitten. Unser psychologisches Gesundheitszentrum als Klapsmühle zu bezeichnen, ist mehr als unpassend und respektlos. Des Weiteren sind Sie auf dem Holzweg, mein Lieber. Man kann sehr wohl, sobald der Patient eine Gefahr für andere oder sich selbst darstellt.« Wieder setzte der Mann sein affektiertes Grinsen auf, das den Eindruck erweckte, er wäre sadistisch veranlagt und das Leid anderer bereite ihm großes Vergnügen.

»Erklären Sie mir endlich mal, was genau ich getan haben soll?«

»Aber ja. Ich fürchte, bei einem derartigen Schädel-Hirn-Trauma ist eine Amnesie nicht ungewöhnlich. Vermutlich wird Ihre Erinnerung bald zurückkehren. Eine Garantie dafür gibt es jedoch nie.«

Christian war verwirrt. Aber zumindest ergaben die starken Kopfschmerzen nun einen Sinn.

»Laut den Aussagen Ihrer Freundin Martina Bittner …«

»Aber Martina ist …«

»… wirklich sehr in Sorge, was Sie betrifft, Herr Lempke.« Er holte einmal tief Luft und zog einen Stift aus seinem Kittel, mit dem er, wie bei einem wichtigen Vortrag, zwischen den Fingern spielte. Dann fuhr er fort: »Nun, entsprechend ihren Angaben haben Sie eine Vera Lubitsch erdrosselt und Ihren Freund Tim Schäfer mit einem Küchenmesser erstochen. Irgendwie war es ihm wohl trotzdem noch gelungen, Sie niederzuschlagen, bevor Sie auch Ihrer Freundin etwas antun konnten.«

»Was? Nein, das ist unmöglich. Ich würde Martina niemals etwas antun. Ich war total am Boden zerstört, weil mir jemand am Telefon sagte, sie wäre tot. Und Tim war gar nicht da, er wollte mit dieser Vera zu mir kommen …«

»… um den bösen Geist auszutreiben, der Sie seit Tagen terrorisiert. Ja, ich bin im Bilde.«

Christian sah den Doktor fragend an.

Der antwortete nur ganz trocken: »Oh, Sie reden im Schlaf.«

»Das ist doch Schwachsinn. Lassen Sie mich hier raus. Ich bin nicht verrückt!«

Phillips drehte selbstgefällig seine Runden in dem viel zu weißen Raum. »Oh, ho, ho. Wir verwenden dieses Wort hier nicht, wissen Sie? Sie leiden unter gleich mehreren Persönlichkeitsstörungen und sind wirklich außerordentlich paranoid. Wir können Sie so keinesfalls wieder auf die Menschheit loslassen. Sie sind nur nicht im Gefängnis, weil die Beamten Sie völlig verwirrt vorfanden und uns sofort eingeschaltet haben. Sie, mein Lieber, stellen wahrlich für jeden in Ihrem Umfeld eine Gefahr dar. Sich selbst eingeschlossen.«

Für einen winzigen Augenblick verschwand Phillips aus Christians Sichtfeld. Wie eine kurze Störung im Fernsehen verschwamm das Zimmer mitsamt dem Arzt. Nur einen Wimpernschlag lang wurde das Bild ersetzt. Verschwommen, verschneit, wie bei einem schlechten Empfang. Christian konnte undeutlich erkennen, dass es sich bei der Gestalt um eine Frau handelte, die ihn aus hasserfüllten Augen anstarrte.

21

»Herr Lempke?« Die verzerrte Frauengestalt verschwand genauso schnell, wie sie aufgetaucht war. Doktor Phillips blickte ihn an und verzog die Mundwinkel. »Ist es erneut passiert?«

Christian verstand nicht genau, worauf der Arzt mit der permanent selbstgefälligen Art hinauswollte. »Was meinen Sie?«

»Liegt das nicht auf der Hand? Belügen Sie mich nicht. Sie hatten gerade eine Ihrer Halluzinationen.«

»Was? Nein, ich … Wie kommen Sie darauf? Mir geht es gut und ich will jetzt endlich nach Hause.« Das arrogante Lachen hätte Christian diesem Unsympathen am liebsten aus dem Gesicht geprügelt.

»Mein Lieber, wie es Ihnen geht, entscheiden nicht Sie, sondern ich. Und zwar *nur* ich.« Er verschränkte die Arme vor der Brust und wirkte dabei wie jemand, der innerlich einen Sieg feierte. Augenscheinlich genoss er die Macht, welche er hier ausspielen konnte.

»Verdammt noch mal! Ich. Bin. Nicht. Verrückt.« Die Verzweiflung schwang deutlich in seiner zitternden Stimme mit.

»Aber, aber, Herr Lempke, ich sagte Ihnen doch bereits, dass wir das Wort hier nicht …«

»Ich scheiße auf das, was Sie hier tun oder nicht tun. Ich habe Rechte. Und ich werde Sie wegen Freiheitsberaubung anzeigen, wenn Sie mich nicht augenblicklich gehen lassen.«

Das Gelächter des Arztes nahm unheimliche Ausmaße an. Seine Miene verfinsterte sich schlagartig und auf einmal wirkte er wie ein anderer Mensch. Wie eine dunkle, dämonische Version seiner selbst. Die Fratze war plötzlich ganz dicht vor Christians Gesicht. »Einen Scheiß wirst du, du kleiner Wichser. Dein Arsch gehört mir. Ich kann damit tun und lassen, was immer ich will. Niemanden interessiert es. Du bist nur ein kranker Psychopath, ein verdammter Mörder.«

Da war es wieder: Mörder. Entsetzen zeichnete sich in Christians Gesicht.

Sein Peiniger erkannte die Angst sofort. Er suhlte sich förmlich darin. Es war ein Hochgenuss für ihn, das war unverkennbar. »Ha, ha, ha. Was ist los, Arschloch? Habe ich dich aus dem Konzept gebracht? Was hast du erwartet? Glaubst du ernsthaft, du könntest herumlaufen, drei Menschen töten und es bleibt ohne Konsequenzen für dich?

Meinst du, dass du dich vor dem Knast drücken kannst, indem du hier einen auf Psycho machst? Dann hast du deine Rechnung ohne mich gemacht, du kleiner Schwanzlutscher.«

Christian war geschockt von dem, was hier gerade geschah. Sein perplexer Gesichtsausdruck stachelte den Doktor dabei umso mehr an. Und als Christian schließlich wie von Sinnen um Hilfe schrie, steigerte das die Aggressivität des Mannes mit dem weißen Kittel erheblich.

»Halt dein scheiß Maul, du Dreckskerl. Du musst für deine Sünden bezahlen. Und das wirst du, das garantiere ich dir. Der Schmerz, den du meiner Familie zugefügt hast, wird tausendfach auf dich zurückkommen.«

»Familie? Was geht hier vor?«, stammelte Christian. Schweißperlen auf seiner Stirn schienen die Furcht, die blanke Todesangst, aus ihm herauszuschwitzen. »Wer zur Hölle sind Sie?«

»Hölle ist ein gutes Stichwort.« Er packte den Jungen an der Kehle. »Genau da bist du. In der Hölle. In *meiner* Hölle. Hier mache *ich* die Regeln. Hier kann ich ungestraft den Tod meines Patenkindes rächen und werde sogar dafür bezahlt.«

»Was? Jetzt verstehe ich gar nichts mehr.« Die Worte kamen nur schwer verständlich und unter größter Anstrengung aus Christians Mund, da Phillips den Druck auf seinen Hals verstärkt hatte.

»Daniel Ressmer war mein Patensohn, du kleines Stück Scheiße. *Du* hättest am Steuer deiner Dreckskarre sitzen sollen. Um dich wäre es nicht schade gewesen. Niemand hätte einen Geisteskranken wie dich vermisst. Das Schicksal kann ein echtes Arschloch sein. Aber wir werden diesem Arschloch mal einen Schubs in die richtige Richtung geben.«

Noch ehe Christian realisieren konnte, was er gerade zu hören bekam, bohrte sich die Nadel in seinen Arm.

»Angenehme Träume und bis gleich. Mörder!«

22

Ulrich Ressmer konnte einfach nicht glauben, was er da in den Händen hielt. Im Normalfall wäre es ihm niemals in den Sinn gekommen, die Post seiner Frau zu öffnen. Doch Silvia war verschwunden. Seit ihrem ersten und einzigen Anruf waren einige Tage vergangen. Seitdem hatte er nichts Weiteres von ihr gehört. Seine Sorgen quälten ihn. Sicher, er war immer derjenige von ihnen, der die Emotionen hinter einer stark wirkenden Fassade verbarg, jedoch war nun niemand mehr da, der diesen Schutzwall nötig machte. Ulrich war es seit Jahren nicht gewohnt, alleine zu sein. Und schon gar nicht im Urlaub. An dem Tag, als er Silvia in die Klinik gefahren hatte, hielt er es für sinnvoll, spontan seinen Jahresurlaub zu nehmen. Für andere wäre das so kurzfristig wahrscheinlich ein Problem gewesen, aber Ulrich Ressmers Stand in der Firma war so gut, dass er sich solche Privilegien durchaus erlauben konnte. Nicht zuletzt, weil sein Chef im Laufe der Jahre auch zu einem verlässlichen Freund wurde. Er zeigte großes Verständnis für den Fünfundfünfzigjährigen und akzeptierte den plötzlichen Urlaubsantrag ohne Probleme.

Jetzt, da Ulrich zwangsläufig von Zeit und Ruhe vereinnahmt wurde, begann sein Innerstes die Dinge aufzuarbeiten, die er zuvor verdrängte. Der Tod des einzigen Sohnes, das merkwürdige Verhalten und Verschwinden seiner Frau. Er saß mit hängenden Schultern und gesenktem Blick in seinem Lesesessel. Das Fernsehgerät hatte er erst gar nicht eingeschaltet. Die ewigen Werbeunterbrechungen, die sinnlosen Nachrichten, von denen mittlerweile jeder Zweite wusste, dass sie durch die Bank weg manipuliert wurden. Die Unterhaltungssendungen befanden sich auf niedrigstem Niveau. Gehirnwäsche zum Zombiekonsumenten, die er im Moment nicht ertrug. Er überlegte nach drei Tagen ohne das Medium der Volksverblödung sogar, ob er den Fernseher überhaupt noch benötigte.

Aber nicht nur das TV-Programm ergab keinen Sinn mehr. Nur zu gut verstand er Silvias Emotionen, der die Ereignisse den Boden unter den Füßen weggerissen hatten. Sie war nicht der Mensch, der seine Gefühle gut verbergen konnte. Sie war nicht wie er – so hatte er bisher gedacht. In der Ruhe und der für ihn neuen Einsamkeit erkannte Ulrich sein wahres Ich. Und diese Ausgabe von ihm war alles andere als stark. Er hasste sie, diese Seite, die nun ungebremst und mit einer erdrückenden Wucht auf ihn einprasselte. Während der Beerdigung hatte er nicht ein einziges Mal geweint. Schließlich musste er seiner Frau den nötigen Halt geben. Er musste der Fels in der Brandung sein, an den Silvia sich anlehnen konnte, um nicht gänzlich zu zerbrechen. Offenbar war genau das geschehen. Seine Frau war gebrochen. Verzweifelt. *Oh mein Gott ... sie wird sich hoffentlich nichts antun?* Finstere Gedanken machten sich breit. *Ob sie von der Vorladung weiß? Was um alles in der Welt hat sie nur angestellt?* Eine der unzähligen Fragen, auf die Ulli derzeit keine Antwort zu finden vermochte.

Doch nicht nur die Sorge um Silvia fraß ihn regelrecht auf. Er hatte alte Fotoalben durchblättert, die nun vor ihm auf dem Boden verstreut herumlagen. Alben mit Bildern seines Sohnes. Und davon hatten die Ressmers eine Menge. Als stolzer Vater war es Ulrich immer ein Bedürfnis gewesen, besondere Tage und Erlebnisse zu dokumentieren. Besuche in Freizeitparks, der erste Urlaub an der Ostsee oder die Weihnachtsfeste und Geburtstage. Momente, die es niemals wieder geben würde. Nicht weil Daniel erwachsen geworden war, sondern weil er nicht mehr lebte. Ulli ließ zum ersten Mal seinen Tränen ungebremst ihren Lauf. Vor seinem inneren Auge spielten sich unentwegt Filme aus seinen schönsten Erinnerungen ab. Sie waren alles, was ihm blieb. Erinnerungen, die ihn bis in den tiefsten Winkel seiner Seele quälten.

***

Unterdessen bereitete sich Silvia Ressmer in ihrem Exil auf das vor, was sie sich seit der Beerdigung ihres Sohnes immer und immer wieder in Gedanken ausgemalt hatte. Nur noch einen Tag, dann würde sie endlich den letzten Akt in Christian Lempkes Geschichte schreiben.

23

Ah, da sind Sie ja, Herr Lempke.« Dr. Phillips klang so freundlich und höflich wie zu Beginn.

Christian war benommen von der Betäubung, konnte jedoch trotzdem erkennen, was diesen Sinneswandel herbeiführte. Zwei Schwestern waren ebenfalls im Zimmer anwesend. Eine von ihnen, eine der klischeehaften Barbie-Blondinen, ließ den Arzt kaum aus den Augen. Entweder himmelte sie den arroganten Kerl einfach nur an oder zwischen ihnen lief schon länger etwas. Bei der anderen handelte es sich um die gleiche Krähe, die Christian anfangs kennengelernt hatte. Er schaute an sich herab. Noch immer lag er fixiert auf dem Rücken da. Allerdings nicht mehr in seinem Bett, sondern auf einer Liege, wie man sie üblicherweise in Operationssälen findet. Die ältere der beiden Schwestern machte sich gerade an einem merkwürdigen Gerät mit einigen Displays, jeder Menge Schaltern und Reglern zu schaffen.

Phillips begutachtete seinen *Patienten*. »Er kommt langsam wieder zu sich. Bringen Sie die

Elektroden an.«

Das dümmlich wirkende Blondchen mit der viel zu dick aufgetragenen Schminke hielt kurz inne. »Das Methohexital wurde dem Patienten schon verabreicht?«

Ob es sie wirklich interessierte oder ob sie nur schlau erscheinen wollte, war Christian gleichgültig. Viel mehr ließ ihn die Antwort des Arztes erschaudern.

»Nein, wir müssen in diesem besonders schwierigen Fall ausnahmsweise auf die Kurznarkose verzichten.«

Erneut schien die Schwester herausragend punkten zu wollen. »Aber Dr. Phillips, die Bestimmungen sagen …«

»Zerbrechen Sie sich mal nicht Ihren hübschen Kopf. Ich übernehme die volle Verantwortung.« Er sah sie nicht einmal an, während er mit ihr sprach.

Christians Benommenheit verflüchtigte sich derweil nach und nach und er realisierte, was sich hier abspielte. Die Panik gewann die Oberhand und es brach aus ihm heraus wie ein Orkan. »Schwester, Sie müssen mir helfen, binden Sie mich los, der Typ hier ist völlig verrückt, er will mich umbringen. Bitte, Sie müssen mir …«

Barbie sah Phillips ratsuchend an. Dieser schüttelte demonstrativ und überaus schockiert wirkend den Kopf. »Ich habe es Ihnen ja gesagt, sehr schwieriger Fall.«

»Sie sind der schwierige Fall! Ich werde dafür sorgen, dass Sie Ihre Zulassung verlieren, Sie geisteskranker Irrer.«

Der Doktor nickte seiner Gehilfin zu und sie näherte sich Christian mit den weißen, selbstklebenden Elektroden und brachte sie an seinen Schläfen an.

»Nein, hören Sie, das ist alles ein Missverständnis. Ich dürfte gar nicht hier sein«, schrie er die höchstens Fünfundzwanzigjährige an.

Phillips nahm ihr die Antwort ab und wandte sich an sein Opfer: »Ja, alles wird gut. Wir werden Ihnen helfen. Bald geht es Ihnen wieder besser.«

»Sind Sie bescheuert? Sie mieses Arschloch, lassen Sie mich hier raus.«

Dr. Phillips stopfte ihm etwas in den Mund. »Beißen Sie darauf, wir wollen Sie im Anschluss nicht zum Zahnarzt bringen müssen.« Der Mediziner schien die Angst in Christians Augen erneut zu genießen. Er gab sich zwar alle Mühe, es vor den Krankenschwestern zu verbergen, doch da war dieses diabolische Funkeln, tief in seinen Augen. »Sind wir dann so weit, Schwester Agatha?«

Sie wandte sich zu ihm um und nickte. »Bereit, wenn Sie es sind.«

Phillips schaute noch einmal in die panikerfüllten Augen, die ihn entsetzt anstarrten. »Ich denke, wir beginnen direkt mit sechzig Prozent bei acht Sekunden.«

»Hmmmpfh!« Christians Worte waren durch den Silikonstab in seinem Mund nicht mehr verständlich. Es machte keinen Unterschied, sie hätten ohnehin niemanden interessiert. Er zerrte unablässig an den Gurten, versuchte, den Mund freizubekommen und um Hilfe zu rufen. Zwecklos. Der Arzt drückte ihm den Knebel nur fester hinein.

»Glauben Sie mir, das werden Sie jetzt benötigen.« Er zwinkerte ihm gehässig zu. Dann gab er sein Okay an die Schwester.

Vierhundertfünfzig Volt schossen augenblicklich durch Christian Lempkes Gehirn und frittierten jeden kleinsten Gedanken. Der fixierte Körper bäumte sich auf, zuckte und schüttelte sich unkontrolliert. Die Pupillen kehrten sich nach innen, weißer Schaum trat aus dem Mund. Die Behandlung erfüllte genau die Aufgabe, zu der sie angedacht war und löste einen epileptischen Anfall aus. Acht Sekunden Ewigkeit. Acht Sekunden in der Hölle. Dann war der Spuk vorbei.

Christians Farbe war vollständig aus dem gequälten Gesicht gewichen. Sein leerer Blick glich dem eines irren Psychopathen. Er saugte tief die

Luft ein und gab einen erstickten Schrei von sich. Die blonde Schwester wischte ihm den Schaum ab, der aus den Mundwinkeln auf die Liege tropfte.

Eine Minute später gab Phillips die Anweisung: »Noch einmal acht Sekunden mit fünfundsiebzig Prozent.«

Der erneute, um einiges stärkere Stromstoß brachte Christian zur Besinnungslosigkeit. Zuvor hatte er sowohl den Beißknebel als auch eine Fontäne Schaum ausgespuckt. Doch als er das Bewusstsein verlor, geschah etwas. Eine gewaltige Flut an Bildern schoss durch seinen Verstand. Schnell, nur schwer zu erfassen. Wie im Zeitraffer sah er das Auto auf den Abhang zu rasen. Sah den Unfall und Daniel, der vom Ast durchbohrt wurde. Außerhalb erblickte er eine nahezu durchsichtige Gestalt in einem weißen Gewand und sich selbst auf dem Beifahrersitz. Stimmen gesellten sich hinzu, die scheinbar nicht zu den Bildern passen wollten.

»Schatz, ich liebe dich. Bitte wach auf!«
»Ein schwieriger Fall.«
»Das ist Vera, sie kann dir vielleicht helfen.«
»Was hast du getan?«
»Komm zurück!«
»Mörder!«
Ein wirres Sammelsurium aus verschiedenen

Quellen. Männer- wie Frauenstimmen. Unterschiedliche, mindestens vier. Die Bilderflut konfrontierte ihn erneut mit der achtbeinigen Invasion in seinem Schlafzimmer und mit dem Tod von Vera und Tim. Sie zeigten Martina auf dem Stuhl gefesselt und dann wieder mit entsetztem Gesicht vor der Tür stehend. Eine geisterhafte Erscheinung schlich sich dabei in nahezu jedes einzelne Bild. »Ich bin nicht verrückt!« Seine eigene Stimme war die einzige klar zu deutende. »Es war ein Unfall.« Dann erloschen Bilder und Stimmen. Christian glitt in eine nicht enden wollende Schwärze.

24

Freitag, 22. April 2005 / 21.12 Uhr

Gabriela Hold wirkte erneut, als wäre sie zur Salzsäule erstarrt. Ihrem Mann erging es ähnlich. Es war ein schreckliches Bild. Eines, das man nicht leicht verdaute. Stefan hatte nie zuvor so viel Blut gesehen, wie im Innenraum dieses Autowracks. Überraschenderweise war es Gabriela, die als Erste einen klaren Gedanken fasste.

»Stefan, gib mir sofort mein Handy!«, rief sie zu ihrem abwesend wirkenden Mann hinüber.

Er war leichenblass. Kein Wort kam über seine Lippen, die aussahen, als gäben sie einen stummen Schrei von sich. Traumatisiert von dem Anblick des Fahrers. Er konnte weder seinen Blick abwenden noch einen einzigen Schritt tun. Die Worte seiner Frau drangen nicht zu ihm durch. Regungslos stand er einfach da.

Genervt ging sie zu ihm und griff in seine Hosentasche. Erst in diesem Moment reagierte er.

»Oh, ja. Natürlich. Hier. Es ist in der anderen Tasche.«

Gabriela nahm das Mobiltelefon und eilte wieder auf die Beifahrerseite. Die 112 war schnell eingetippt. Nach einer hektischen Schilderung der wichtigsten Fakten versprach ihr die freundliche Frau in der Notrufzentrale, dass der Krankenwagen in spätestens zehn Minuten da sein würde.

»Und was nun?«, stammelte Stefan. »Warten wir hier, bis die Polizei ebenfalls eintrifft und unser Leben ruiniert ist?«

»Gar nichts wird hier ruiniert. Es war ein Unfall. Jetzt hör auf, dich wie so ein feiges Arschloch zu benehmen. Los, komm her und hilf mir. Wir müssen den Jungen in eine stabile Seitenlage bringen.«

»Meinst du wirklich, wir sollten ihn bewegen? Sieh doch, er blutet aus den Ohren.«

»Ein Grund mehr, ihn zu stabilisieren. Was, wenn er sich übergeben muss und an dem eigenen Erbrochenen erstickt? Herrgott noch mal! Benimm dich endlich wie ein Mann!« Gabriela konnte es einfach nicht glauben, was für eine Seite ihr Mann von sich offenbarte. Dass der Unfall ihre Beziehung auf eine harte Probe stellen würde, zeigte sich bereits in dem Moment, als Stefan schlichtweg weiterfahren wollte. Ihr Entsetzen über seine Art wich einer wachsenden Wut. Letztendlich überwand Stefan seinen inneren Schweinehund und half ihr. Jedoch war Gabriela bewusst, dass er es nicht dem verletzten Jungen zuliebe tat, sondern lediglich, um weiterem Streit mit ihr aus dem Weg zu gehen. Sein Verhalten widerte sie über alle Maßen an.

Sie drehten das Unfallopfer auf die Seite. Gabriela hatte ganz vorsichtig seinen Kopf gepackt und schrie einen Augenblick später vor Schreck auf.

»Verdammt, was ist denn nun schon wieder?«, wollte Stefan wissen.

Sie streckte ihm ihre offenen Handflächen entgegen. Sie waren blutgetränkt vom Hinterkopf des Jungen. Der anhaltende Regen plätscherte ihr auf die Haut und verschmierte die rote Flüssigkeit. »Er hat eine Kopfverletzung. Ich hoffe, der Krankenwagen ist bald da.«

»Lebt er überhaupt noch?«

Gabriela tastete nach der Halsschlagader und schmierte ihm dabei den ganzen Hals mit seinem eigenen Blut voll. »Ja, ich fühle den Puls, aber er ist sehr schwach. Wenn die nicht bald kommen …«

»Ich bin nach wie vor der Meinung, wir sollten verschwinden. Wir können hier nichts mehr tun.«

Der Blick, den Stefan von seiner Frau erntete, bedurfte keiner begleitenden Worte. Sie ging auch nicht weiter darauf ein. Mit einer emotionslosen Stimme forderte sie ihn auf, in dem Autowrack nach einer Decke zu suchen.

»Es ist nichts zu finden«, erwiderte er frustriert,

nach einem flüchtigen Blick in den zerquetschten Kofferraum.

»Dann geh gefälligst zu unserem Wagen und bring mir die von der Rückbank. Jetzt stell dich nicht so dämlich an!«

Stefan hatte wohl begriffen, dass Diskussionen ihn hier nicht weiterbrachten. Also kämpfte er sich fluchend die glitschige Böschung hoch. Er rutschte mehrfach aus und fluchte vor sich hin. Als er auf der Straße angekommen war, näherten sich aus der Ferne bereits Blaulichter. Stefan wartete am Straßenrand auf den Rettungswagen und gestikulierte wild mit den Armen, damit sie ihr Ziel ja nicht verfehlten. Der Krankenwagen kam hinter dem SUV der Holds zum Stehen. Drei Rettungssanitäter sprangen heraus und liefen zu dem Winkenden.

Das Blaulicht durchbrach die Dunkelheit. Gabriela sah es von der Unfallstelle aus. Sie winkte mit der Taschenlampe und rief so laut sie konnte um Hilfe. Endlich. Die Rettungskräfte kletterten geschickt den Abhang hinunter. Zwei eilten sofort zum Unfallfahrzeug und der dritte kam zu Gabriela.

»Ist mit Ihnen alles okay? Schauen Sie bitte zu mir.« Er leuchtete ihr mit einer Lampe in die Augen und nickte zufrieden. Beruhigend strich er über ihr Schulterblatt. »Wir übernehmen jetzt. Gehen Sie nach oben und hüllen Sie sich in eine warme Decke. Sie haben großartige Arbeit geleistet. Die Polizei wird ebenfalls gleich hier sein.«

»Vorsicht, er hat eine Kopfverletzung. Sie …«

Gabriela wurde von dem gerade eintreffenden Notarzt unterbrochen: »Kennen Sie das Opfer?«

»Nein, ich habe nur versucht zu helfen.«

»Das haben Sie sehr gut gemacht. Leider gibt es heutzutage viel zu wenige von Ihrer Sorte. Die meisten wären einfach weitergefahren.«

Sie blickte den Abhang hinauf. Obwohl sie ihren Mann durch die Dunkelheit und den Regen nicht erkennen konnte, hatte sie sein Bild vor Augen. »Ernsthaft? Wer würde so etwas Kaltherziges tun?«

Doch der Arzt hörte ihr gar nicht mehr zu. Er ging zu seinen Kollegen, die bereits die Erstversorgung des Unfallopfers eingeleitet hatten. Nur Augenblicke später hievten sie ihn vorsichtig auf eine Bahre. Der Aufstieg mit dem Verletzten gestaltete sich schwierig. Gabriela war überrascht, wie schnell sie dennoch oben waren. Sie selbst erreichte unter Aufbringung ihrer letzten Kraftreserven ebenfalls die Straße.

Stefan stand an ihrem Wagen und sprach mit einem der eingetroffenen Polizisten. Mit hängenden Schultern und gesenktem Blick jammerte er dem

Beamten den Unfallhergang hinunter. Als sie näher kam, stellte Gabriela fest, dass ihr Mann weinte. Ob er auch von seiner ursprünglich geplanten Fahrerflucht berichtete? Sie war sich zu hundert Prozent sicher, dass er diesen Fakt großzügig auslassen würde. Dafür hätte ihr Mann Eier in der Hose haben müssen. Dass dem nicht so war, hatte er heute einmal zu oft bewiesen. Wie sollte sie je wieder Achtung vor diesem Charakterkrüppel haben? Wie könnte sie ihn nach dem heutigen Tag noch als richtigen Mann ansehen? Was Stefan da mit dem Polizeibeamten redete, interessierte sie herzlich wenig. Bestimmt würde sie ebenfalls gleich befragt werden.

Dem zweiten Krankenwagen, der eintraf, schenkte Gabriela kaum Beachtung. Für den Fahrer des Unfallwagens kam schließlich jede Hilfe zu spät. Im Moment galt ihre Aufmerksamkeit den Rettungskräften, die sich um den Beifahrer kümmerten. Einer von ihnen hatte die Brieftasche aus der Gesäßtasche des Opfers gefischt und schaute auf den Personalausweis.

»Ah, hier haben wir es ja. Herr Lempke? Können Sie mich verstehen?« Während der eine ihn ansprach, hob ein anderer ein Lid des Verletzten und leuchtete mit einer kleinen Lampe in die Pupille, um die Reaktionen zu testen. Ein dritter hatte ihm gerade einen Zugang in die Vene gelegt und befestigte einen Tropf mit zwei Beuteln daran.

Was sich darin für eine Flüssigkeit befand, interessierte Gabriela nicht sonderlich. Ihr war nur eines wichtig. »Wird er durchkommen?« Die Antwort befriedigte sie nicht wirklich.

»Das können wir zum jetzigen Zeitpunkt nicht sagen. Er hat ein schweres Schädel-Hirn-Trauma. Weitere innere Verletzungen sind nicht auszuschließen. Außerdem hat er sehr viel Blut verloren.«

Gabriela kamen die Tränen. Sie sah hinüber zu ihrem Mann, wie er in seiner jämmerlichen, gebeugten Haltung dastand. Dann wandte sie sich wieder an den Arzt: »Wo bringen Sie ihn hin? Ich würde gerne mitkommen.«

»Das geht leider nicht. Aber Sie können hinterherfahren. Wir liefern ihn ins Marienhospital ein, das liegt am nächsten.«

Gabriela nickte. Sie konnte sich nicht erinnern, sich jemals so schwermütig gefühlt zu haben. Irgendwie fühlte sie sich mitverantwortlich und bangte um das Leben des Jungen. Das war der Unterschied zwischen ihr und ihrem Mann. Sie dachte nicht nur an ihr eigenes Wohl. Stefan hingegen war es offenbar nur wichtig, seinen Kopf aus der Schlinge zu ziehen. Nachdem sie schließlich ebenfalls von der Polizei befragt wurde, durften die beiden zunächst gehen. Gabriela setzte sich mit versteinerter Miene auf den Beifahrersitz. »Sag jetzt nichts mehr. Fahr mich einfach zu dem Jungen ins Krankenhaus.« Während Stefan wortlos den Motor startete, sah sie tief betroffen und schluchzend den blinkenden Lichtern des Krankenwagens hinterher.

Zu diesem Zeitpunkt ahnte sie bereits, dass ihre Ehe in den letzten Zügen lag. Vierzehn Monate nach dem verhängnisvollen Tag waren die Holds geschieden.

25

Was waren das nur für seltsame Erinnerungsfetzen? Die Bilderflut wurde kurzzeitig von der Dunkelheit eingehüllt. Die endlose Schwärze vor seinen Augen blieb bestehen. Selbst als immer wieder Szenen aufflackerten, die wie bewegte Bildschirmausschnitte durch das Nichts flogen. Vor Christians innerem Auge machten sie einen Moment halt, als wollten sie sagen: »Hier. Schau genau her. *Das* ist es, was du vergessen hast.« Oder: »Hier ist das, was du nicht sehen willst.« Die Verwirrung in seinem Kopf war nicht in klare Gedankenstrukturen zu pressen. Das Bild des geschrotteten Wagens kannte er zur Genüge, schließlich hatte es sich auf ewig tief in ihn eingebrannt. Den blutüberströmten toten Körper seines Freundes Daniel sah er unentwegt vor sich. Wie hätte es auch anders sein können? Doch nun sah er sich zum ersten Mal selbst auf dem Beifahrersitz kauern. War er bewusstlos gewesen? Einem schwebenden Beobachter gleich blickte er schockiert auf seinen eigenen Hinterkopf, der sich mehr und mehr tiefrot färbte.

Wie konnte das sein? Was war das für eine *Realität?* Christian konnte sich beim besten Willen nicht daran erinnern, bei dem Unfall verletzt worden zu sein. Irgendetwas stimmte hier nicht.

Ein neues Bild erschien. Er befand sich nun außerhalb des Wagens. Drei Rettungskräfte knieten im strömenden Regen um ihn herum und untersuchten ihn. Aber das war nie geschehen. Oder etwa doch? In der folgenden Szene brachten dieselben Leute ihn in einen Krankenwagen, der mit eingeschaltetem Blaulicht vor dem Abhang parkte. Die Stimme einer fremden Frau drang dumpf zu ihm durch und ließ ehrliche Sorge und Anteilnahme erkennen. Dann schlossen sich die Türen des Fahrzeuges und die Szenerie machte einer neuen Platz.

Lichter, die schnell vorbeirauschten. Neonröhren an der Decke eines unendlich wirkenden Ganges. Trostlos, kalt und steril. Das bleiche Weiß der Wände reflektierte das Licht. So wirkte der seltsame Flur heller, als er ohnehin schon war, obwohl es keine Fenster gab. Eine Tür wurde aufgestoßen. Das Stimmendurcheinander um ihn herum verwirrte seinen Geist mehr, als die Tatsache, dass man ihn offenbar in einen Operationssaal geschoben hatte. Er lag definitiv auf einer Bahre. Die Apparaturen, die er erkannte, sprachen diesbezüglich eine deutliche Sprache. Allein die Lampen, die er bereits in vielen Filmen gesehen hatte, reichten für die Schlussfolgerung aus.

Vermummte Gestalten gaben den Stimmen schließlich ein Gesicht. Es waren Ärzte, Chirurgen in grünen Kitteln, mit Mund- und Haarschutz. Christian glaubte, endgültig wahnsinnig zu werden. War das wieder einer seiner obskuren Träume oder Wahnvorstellungen, wie Dr. Phillips es bezeichnet hatte? Womöglich, denn diese Ereignisse stammten nicht aus Erinnerungen. Das konnte einfach nicht sein. Christian wurde bei dem Unfall nicht verletzt, das wusste er genau. Wie oft hatte er sich die Frage von der Polizei und Daniels Angehörigen anhören müssen: »Wie kann es sein, dass Sie ohne einen Kratzer aus diesem Wrack gekommen sind?« Ja, wie konnte das sein? Er hatte sich die Frage wohl noch viel häufiger gestellt. »Mein Schutzengel hat Überstunden gemacht«, sagte er sich schließlich, in der Gewissheit, niemals eine rationale, nachvollziehbare Antwort zu erhalten.

Im Augenblick beschäftigte ihn jedoch eine ganz andere Frage: Befand er sich erneut in einem seiner Träume? Warum war es ihm nicht mehr möglich, das zu unterscheiden? Etwas war definitiv anders als sonst. Anders als in seiner Realität, anders als in seinen Fantasiekonstrukten. Nicht nur die Dunkelheit, sondern die Tatsache, dass er seinen Körper nicht spüren und sich somit zwangsläufig auch nicht bewegen konnte. *Ein sicheres Indiz für einen Traum,* dachte Christian.

Nach einem kurzen Moment absoluter Finsternis tauchte das Bild der Ärzte wieder auf. Sie unterhielten sich in fachchinesischem Kauderwelsch, welches er nicht verstand. Plötzlich änderte sich seine Blickrichtung. Zu viert hatten sie ihn gepackt und auf den Bauch gedreht. Aus den verwirrenden Gesprächen filterte Christian einen Satz heraus, der ihn aufhorchen ließ. »Schweres Schädel-Hirn-Trauma. Sieht nicht gut aus.« Dann wurde es erneut dunkel.

26

Die Polizei einzuschalten verursachte Ulrich Ressmer ein flaues Gefühl in der Magengegend. Es fühlte sich wie ein Verrat an seiner Frau an. Ein Vertrauensbruch. Doch hatte *sie* den nicht längst selbst begangen? Spätestens in dem Moment, da Silvia einfach verschwunden war und nicht preisgeben wollte, wo sie sich aufhielt, keimten in Ulli zwangsläufig diese Schlussfolgerungen auf. Hatte seine Frau nicht mehr das nötige Vertrauen in ihn? Er hätte ihrem Wunsch nach Rückzug entsprochen. Hätte es selbstverständlich respektiert. Durch die Art und Weise konnte er es allerdings nicht. Zu viele Fragen lagen in der Luft. Zu viele Geheimnisse, die sie nicht bereit war, mit ihm zu teilen.

Nachdem Ulli die Vorladung gelesen hatte, musste er reagieren. Einen Tag hatte er es noch ausgehalten, hatte auf einen weiteren Anruf gewartet, der aber nie kam. Nach einem intensiven Kampf mit seinem eigenen Gewissen entschloss Ulrich Ressmer sich dazu, das örtliche Polizeipräsidium aufzusuchen. Über zwei Stunden hatten die Beamten ihn ausgefragt. »Gab es Streit zwischen Ihnen beiden?« »Würden Sie Ihre Ehe als glücklich bezeichnen?« Sogar die für ihn sehr erniedrigend ankommenden Fragen nach häuslicher Gewalt und intaktem Sexualleben wurden auf den Tisch gebracht. Ob er oder sie vielleicht eine Affäre hätten, wollten sie wissen. Mehrfach fühlte sich Ulrich, als säße er selbst auf der Anklagebank. Als gäbe man ihm die Schuld für das Verschwinden seiner Frau. Als er dann schließlich erfuhr, was Silvia in der Kirche getan hatte, stellte er infrage, dass er ausreichend für sie da gewesen war. Hatte er sie gar durch seine *starke* Art in ihrer Trauer gestört oder vernachlässigt? Was musste nur in der gottesfürchtigen Frau vorgehen, wenn sie an so einem Ort des Friedens dermaßen durchdrehte? Einem Ort, der ihr in ihrem Leben stets wichtig und eine Zuflucht der Seele war.

Während der Erläuterungen des Polizisten konnte Ulrich seine Fassade nicht länger aufrechterhalten und brach in bittere Tränen aus. Der Beamte wurde in dem Moment um einiges sensibler und lauschte mit betroffenem Ausdruck der Geschichte, die Silvia Ressmers Wandel erklärte.

»Sie müssen sie finden«, schluchzte Ulli. »Ich befürchte, dass sie sich etwas antut.«

Der Polizist kratzte sich am dünnbärtigen Kinn. »Nachdem, was Sie mir erzählen, kann man das wohl nicht gänzlich ausschließen. Allerdings legt ihr unkontrollierter und dennoch gezielt geplanter Wutausbruch in der Kirche auch eine andere Vermutung nahe.«

»Geplant?« Ressmer wischte sich mit dem Handrücken die Tränen weg.

Der Beamte holte tief Luft und fuhr fort: »Selbstverständlich muss sie diesen Zwischenfall, oder wie immer wir es nennen wollen, gründlich durchdacht haben. Oder trägt Ihre Gattin oft eine Schale mit Schweineblut spazieren?«

»Ja. Ich meine, nein. Was ich sagen wollte, war: Das macht Sinn. Und was für eine Vermutung legt das nun nahe?« Ullrich Ressmer war sichtlich irritiert von dem, was er erfuhr. Was hatte sich Silvia nur dabei gedacht? Mit einer fahrigen Handbewegung strich er sich übers Gesicht. Seine Knie begannen zu zittern.

»Offenbar ist Ihre Frau sehr schnell von der Trauerphase in die Wutphase übergegangen und sucht jetzt nach Schuldigen. Sie macht Gott für den Tod Ihres Sohnes verantwortlich. Aber nicht nur Gott, habe ich recht?«

Ulli riss erschrocken und plötzlich wissend die Augen auf. »Oh nein. Christian Lempke. Sie ist fest davon überzeugt, dass es Lempkes Schuld war. Dass er Daniel als Fahranfänger niemals an das Steuer seines schrottreifen Autos hätte lassen dürfen. Sie denken, dass sie sich an ihm rächen will? Dass sie ihn – was? Umbringt?«

Der hochgewachsene Staatsdiener erhob sich und winkte eine Gruppe von Kollegen heran. »Zumindest müssen wir die Möglichkeit in Betracht ziehen und Ihre Frau zur Fahndung ausschreiben.«

Ulrich konnte keinen klaren Gedanken mehr fassen. Diese Informationen und Erkenntnisse überforderten ihn. »Sie könnte keiner Fliege etwas antun«, stammelte er.

»Glauben Sie mir, Herr Ressmer, ich hoffe genau wie Sie selbst, dass Sie recht behalten. Machen Sie sich nicht verrückt. Wir werden Ihre Frau finden, das verspreche ich Ihnen. Die Kollegen sind bereits auf dem Weg zu Lempkes Wohnung.«

»Ähm, den Weg können Sie sich sparen. Christian Lempke ist nicht zu Hause.«

Der Beamte schaute ihn erstaunt an: »Woher wollen Sie das wissen?«

»Er wurde bei dem Unfall schwer verletzt. Ausgleichende Gerechtigkeit nennt man so was wohl. Versuchen Sie Ihr Glück im St. Marien-Hospital.«

27

Christian befand sich erneut in seinem Schlafzimmer. Die Geschichte schien sich zu wiederholen. Die Schritte im Raum waren deutlicher und die Stimme neben seinem Ohr klarer. »Mörder.« Die Dunkelheit löste sich für den Bruchteil einer Sekunde auf und ersetzte das Bild seines Zimmers durch einen hellen, weißen Raum. Was war das? W*o* war das? Er konnte sich nach wie vor nicht bewegen. Aber sein Verstand arbeitete auf Hochtouren. Diese Stimme. Er kannte sie. Christian hatte sie schon oft gehört. Zuletzt auf der Beerdigung seines Freundes. Oder vielleicht doch nicht? Die Erinnerungen an den Tag verschwammen immer mehr. Die Gewissheit flog davon wie Pollen im Wind. Schwerelos, ein zarter Hauch des Vergessens.

Anstatt der Stimme drängte sich das Gesicht von Tim in den Vordergrund, der ihm in allen Einzelheiten von der Trauerfeier berichtete. Unter anderem auch von dem Moment, als Tim selbst kurz das Bewusstsein verlor, weil sein Blutdruck in den Keller gewandert war. Ein Problem, mit dem er bereits seit Jahren zu kämpfen hatte. Zwei Jahre zuvor war ihm das bei einem Konzert passiert. Die Ursache war dieselbe wie an dem Tag, als Daniel zu Grabe getragen wurde. In der Aufregung hatte er schlicht und einfach vergessen, seine Medikamente zu nehmen. Warum hätte ihm Tim all das erzählen sollen, wenn sie *beide* dort gewesen wären? Aber konnte es wirklich sein, dass er sich all das nur eingebildet hatte?

Weitere neue Erinnerungen wurden wach. »Sei froh, dass du nicht da warst. Daniels Mutter war echt gruselig. Sie hat dich verflucht, dir immer wieder die Schuld am Tod ihres Sohnes gegeben. Dir und Gott. Sie wirkte fast wie besessen. Nimm dich lieber vor ihr in acht. Die hat komplett ihren Verstand verloren. Das war alles zu viel für sie.«

Plötzlich klingelte es. Die Vorwürfe und die Beschuldigungen. Auf einmal war sie ganz deutlich, die Stimme. Sie bekam ein Gesicht. Für einen Augenblick sah er Silvia Ressmer neben dem Krankenbett stehen, in dem er lag. Sie stand über ihn gebeugt. Ihre blutunterlaufenen Augen erschienen ihm wie die eines Dämons, während sie ihn unentwegt als Mörder beschimpfte.

Einer Erleuchtung gleich jagte eine neuerliche Flut an Szenen an seinem inneren Auge vorbei. So schnell, dass sein Hirn kaum folgen konnte. Erneut sah er sein Schlafzimmer, vernahm die Schritte und ihre Stimme neben sich. Danach folgte dasselbe Szenario, allerdings in diesem weißen Raum mit dem Krankenbett. Abermals Bilder vom Schlafzimmer – Daniels Geist würgte ihn. Plötzlich lag er wie zuvor in dem Raum, der sich offenbar in einem Krankenhaus befand. Daniels Mutter drückte ihm die Kehle zu, doch er konnte sich nicht wehren. Im Flur hörte man sich nähernde Schritte. Silvia ließ von ihm ab, rannte hinaus und knallte die Tür laut zu.

Die Szene verschwand und Martina stand auf einmal an seinem Fußende. »... du brauchst Hilfe. Ich liebe dich, Schatz.« Dann wurde es aufs Neue finster. Die Szenenwechsel beschleunigten sich immer weiter und bombardierten Christians Verstand regelrecht mit Informationen.

Er sah im Wohnzimmer den Bildschirm des Fernsehers von Geisterhand zerspringen. Gleich darauf erschien Silvia Ressmer im Krankenzimmer, beschimpfte ihn und hämmerte auf einen der Monitore ein, die offenbar seine Vitalfunktionen überwachten. Als ein Alarmsignal ertönte, schlug sie wutentbrannt auf alles ein, was ihr in die Quere kam. Dabei riss sie auch das Schränkchen neben dem Bett um. Dessen Tür öffnete sich und allerlei medizinische Utensilien fielen polternd heraus. Erneutes Türknallen, kurz bevor eine Schwester den Raum betrat.

Einen Augenblick später war es wieder Martina, die neben dem Bett saß und seine Hand hielt. »Schatz, du musst aufwachen. Bitte. Ich liebe dich. Komm zu mir zurück.« Ihre Tränen tropften auf ihn herab.

Christian zeigte keine Reaktion. Er lag nur da und antwortete nicht. Es war ihm nicht möglich. Christian Lempke lag seit seinem Unfall im Koma.

28

Samstag, 23. April 2005

Ich kann Ihnen nicht mehr sagen, Fräulein Bittner. So leid es mir tut. Bei so einer Verletzung ist es unmöglich vorherzusagen, wie der weitere Verlauf aussehen wird.« Der Chefarzt der Chirurgie versuchte zum wiederholten Mal, Martina zu erklären, wie es um Christian aussah.

Die Einundzwanzigjährige wollte es nicht wahrhaben, dass niemand eine Prognose abgeben konnte, wann ihr Freund wieder aus dem Koma erwachen würde. Schlimmer noch: ob er jemals das Bewusstsein zurückerlangen würde.

»Wie ich Ihnen bereits sagte: ein schwieriger Fall.«

Martina hämmerte wie wild mit ihren Fäusten auf die schmale Brust des Arztes ein.

Mit derlei Reaktionen war der Mann in den Vierzigern ausgiebig vertraut. Leider Gottes oblag es ihm nicht, den Angehörigen stets nur gute Nachrichten zu überbringen. Dr. Raimund Phillips war gut in dem, was er tat. Doch auch *er* konnte keine Wunder vollbringen. »Reden Sie mit Ihrem Freund.

Seien Sie für ihn da.«

Martina weinte fast ununterbrochen, seit sie von dem Unfall erfahren hatte. Ihr war es kaum noch möglich, den Alltag zu bestreiten. Ihr fehlte schlichtweg die Kraft dazu. Die Polizei rief sie nach dem Unglück an, da man in Christians Brieftasche einen Zettel mit ihrer Nummer gefunden hatte. Glücklicherweise konnte er sich Zahlen nie gut merken und notierte sich alles. Leichtsinnigerweise auch seine Kontonummer, die auf demselben Papierschnipsel stand. »Ich soll mit ihm reden? Aber er hört mich doch gar nicht. Oder?«

»Wissen Sie, diese Form der Bewusstseinsstörung gibt uns weiterhin Rätsel auf. Wir können nicht ausschließen, dass uns Komapatienten auf einer gewissen Ebene ihrer Realität dennoch hören.«

»Bewusstseinsstörung?«

»Ja, im Grunde ist es genau das. Eine Trennung vom Bewussten. Es gab einige Fälle, in denen Komatöse nach Jahren zu sich kamen. Sie berichteten ihren Angehörigen Dinge, welche ihnen während der Unbewusstheit erzählt wurden. Manche konnten sich an gar nichts erinnern und hatten den Eindruck, dass sie nur kurz geschlafen hätten. Und wieder andere redeten von Fantasiewelten, in denen sie sich aufgehalten hatten. Die Beschreibungen gingen dabei vom absoluten Paradies bis hin zur schlimmsten Hölle. Aber eines hatten sie alle gemeinsam: Man fand heraus, dass alles, was um die Patienten herum geschah, Einfluss auf die Scheinwelten genommen hatte. Darum sage ich: Reden Sie mit Ihrem Freund. So viel es geht. Lesen Sie ihm vielleicht etwas vor oder spielen Sie Musik, die er mag. Nur achten Sie darauf, all das positiv zu gestalten. Aufbauend. Also keine schlechten Nachrichten. Stellen Sie sich vor, Sie würden mit einem Säugling sprechen, der jedes Wort aufsaugt wie ein Schwamm.«

Martina Bittner setzte sich wieder auf den Stuhl, den sie zuvor an Christians Bett herangestellt hatte, und nahm seine Hand. »Das werde ich, Herr Doktor.«

»Wenn ich sonst etwas für Sie tun kann, lassen Sie es mich wissen.«

»Danke, das weiß ich zu schätzen.«

Keiner der beiden hatte bemerkt, dass jemand vor der nicht ganz geschlossenen Tür stand und hoch interessiert dem Gespräch gelauscht hatte. Als Dr. Phillips aus dem Raum ging, hatte sich Silvia Ressmer bereits in einer Nische auf dem Flur in Sicherheit gebracht. Sie musste verhindern, entdeckt zu werden.

29

Es vergingen ein paar Tage, bis Silvia erneut ins Krankenhaus kam. Nachdem sie sich davon überzeugt hatte, dass niemand im Zimmer war, ging sie hinein und setzte sich neben Christian.

»Du elendes Schwein. Bastard, Mörder!«, zischte sie ihn an. »So, du kannst mich also möglicherweise hören, ja? Bist du vielleicht gerade in deinem Fantasieparadies gefangen? Oder doch eher in der Hölle, um für das zu büßen, was du getan hast? Und wenn nicht ... ich denke, das bekommen wir hin. Weißt du, Daniel war stets mitteilsam. Beim Essen hat er so einige Geschichten über dich erzählt. Er fand es immer sehr amüsant, wie du dich aufführst, wenn es um Insekten und Spinnen geht. Ja Arschloch, ich weiß, wovor du dich fürchtest. Und wenn an der These dieses Arztes auch nur ein Funken Wahrheit ist, hoffe ich, dass ich deinen letzten funktionierenden Gehirnzellen so viel Schmerz zufügen kann, dass du den meinen verstehen wirst – solltest du irgendwann als komplettes geistiges Wrack wieder aufwachen.«

Sie ging dicht an sein Ohr. »Oh mein Gott, ich wünschte, du könntest das hier sehen. Tausende von ekelerregenden, kleinen, schwarzen Spinnen krabbeln gerade an deinen Füßen hoch. Du willst sie vielleicht von den Beinen entfernen, doch sie kraxeln dadurch auf deine Hände, deinen Kopf und den gesamten Körper. Wo man hinsieht, kitzelt und krabbelt es. Kleine, schwarze, behaarte Beine, so weit das Auge reicht. Sieh nur, das ganze Bett ist schon schwarz. Sie fallen von den Wänden, von der Decke. Mein Gott, ist das widerlich. Du kannst ihnen nicht ausweichen, nicht entkommen. Sie sind überall. Und was ist das da? Sind das deine Freunde? Nein, oh Gott. Siehst du die Vogelspinne aus seinem Mund klettern? Ich glaube, ich muss mich übergeben …«

Silvia hatte eine neue Aufgabe gefunden. Tagtäglich kam sie ins Krankenhaus, stets darauf bedacht, keinen im Zimmer anzutreffen. Einmal allerdings wurde sie gesehen. Tim kam nicht täglich, das ließ seine Zeit einfach nicht zu. Er bemühte sich jedoch redlich. Er wusste ja, dass es, abgesehen von Martina, niemanden gab, der nach seinem Freund sehen würde. Es war ungefähr zwei Wochen nach Daniels Beerdigung, als Tim Schäfer zum ersten Mal seine neue Freundin Vera Lubitsch mit ins Hospital brachte. Als die beiden den langen Flur hinabgingen, hätte er schwören können, die Ressmer wäre aus Christians Zimmer gekommen. Er wollte sie noch ansprechen, aber sie war plötzlich wie vom Erdboden verschluckt. Einen Tag später erzählte sie Christian, wie sie seinem Freund Tim ein Küchenmesser tief in den Magen gerammt und dessen Freundin erdrosselt hätte. Dass seine Martina die Nächste auf ihrer Liste wäre. Dass sie alles und jeden töten würde, der Christian etwas bedeutete. Selbstverständlich entsprach das nicht der Wahrheit, doch sie hoffte inständig, dass es in seinem Kopf real werden würde und ihm maximales Leid bescherte. Am übernächsten Tag kam sie ihm schließlich mit der Nachricht: »Deine Schlampe ist tot!«

Es wäre für Silvia Ressmer eine Genugtuung, wenn sie erfahren würde, was sie für ein Chaos in Christians aktivem Geist verursachte. Gefangen auf den unterschiedlichsten Ebenen seiner Fantasiewelt erklärte er sich selbst für verrückt. Zu unstimmig war alles und harmonierte einfach nicht mehr miteinander. Das Konstrukt, was von seinem Geist erschaffen wurde, berücksichtigte keine irdischen Zeitabläufe. Alle Informationen, die von außen auf ihn einprasselten, vermischten sich zu seiner ganz eigenen Realität. Sie folgten anderen Gesetzmäßigkeiten. Alles verband sich so, wie es gerade passte, um den Weg des Wahnsinns weiter zu beschreiten. Dem verwirrten Verstand gelang es, sich aufgrund der Selbstvorwürfe bis aufs Mark zu geißeln.

Martina hatte Tim von dem Gespräch mit dem behandelnden Arzt berichtet. Tim setzte die Tipps des Doktors um. Bei jedem Besuch tat er, als wäre sein Freund wach und würde konzentriert zuhören. Obwohl er nicht antwortete, redete Tim mit ihm, als wäre alles in bester Ordnung.

»Hey Kumpel. Sag mal, was wollte denn die alte Ressmer hier?« Er hielt kurz inne, als warte er auf eine Antwort. »Ja Mann. Ich bin mir sicher, dass ich sie gerade vor deiner Tür gesehen habe. Aber wer weiß, ich kann mich täuschen. Wie auch immer. Christian, ich würde dir gerne meine neue Freundin vorstellen.« Er zog sie näher zu sich heran. »Das ist Vera.«

Tim hatte ihr alles erzählt und sie spielte das Alles-ist-in-Ordnung-Spiel sofort mit. »Hallo Christian. Ich hab schon viel von dir gehört und wer weiß … vielleicht kann ich ja ein wenig helfen.«

Tim unterbrach sie mit euphorischem Unterton: »Ja Alter, das musst du dir anhören. Vera ist eine weiße Hexe.«

Vera lächelte ihn an und fuhr fort: »Das

stimmt. Ich weiß, wie das für dich klingen muss. Wahrscheinlich findest du es albern oder es erinnert dich an Hollywood, richtig? Also sagen wir einfach, ich beschäftige mich viel mit spirituellen Dingen und mit der Kraft der Natur.« Kaum hatte sie ausgesprochen, legte sie ihre Hände sanft auf Christians Brust. Ein paar Minuten vergingen. Vera konzentrierte sich eine Weile und wandte sich dann wieder an ihren Freund. »Körperlich gesehen ist er dem Tod näher als dem Leben, allerdings ist sein Geist nach wie vor sehr lebendig und aktiv. Ich kann natürlich nicht sagen, was er gerade durchmacht, ich spüre jedoch äußerst negative Energien und einen schweren Konflikt.«

Tim wusste nicht so recht, was er von ihren Aussagen halten sollte. Es klang ziemlich durchgeknallt, aber genau das Verrückte mochte er so an Vera. Sie passte in keine Schublade, war ein absolutes Unikat.

»Weißt du was, Christian, ich werde deine Chakren mal so richtig reinigen. Meine Energiebehandlung wird dir vermutlich ein wenig Erleichterung verschaffen. Wer weiß, vielleicht können wir ja deine bösen Geister vertreiben.« Sie zwinkerte Tim aufmunternd zu, als wolle sie sagen, dass man die Hoffnung nie aufgeben solle.

Tim glaubte nicht an diesen Hokuspokus, doch

was konnte es schon schaden? »Hey, ich finde es toll, dass du helfen willst. Und solange du hier nicht mit einem Ouija-Brett auftauchst und über eine andere Dimension Kontakt mit seinem Geist aufnimmst, ist alles gut.« Vera lachte noch über Tims Witz, als sie sich bereits von Christian verabschiedet hatten.

30

Wie jeden Nachmittag kam Martina ihren Freund besuchen. Stundenlang saß sie täglich an seiner Seite. Sie erzählte ihm von ihrem Mädelsabend in Düsseldorf. Obwohl überschattet von den Ereignissen, fand er statt. Ihr war in der schweren Zeit das Zusammensein mit ihren Freundinnen und deren Beistand sehr wichtig. Wurde ihr durch Christians Unfall doch deutlich ins Bewusstsein gerufen, wie wertvoll diese Momente waren und wie schnell das Leben enden konnte. Sie berichtete ihm von ihrem Beinaheunfall auf dem Rückweg, weil auf der Autobahn plötzlich ein Reh aufgetaucht war. Dann las sie ihm lustige Geschichten vor oder skurrile Nachrichten, die seinen Sinn für schwarzen Humor im Wachzustand sicher angesprochen hätten.

Eines Abends, es war bereits gegen einundzwanzig Uhr, kam Nachtschwester Agatha hinein. Sie hatte gerade ihren Dienst begonnen und äußerte ihre Sorge um die junge Frau. »Man könnte fast meinen, Sie wären mittlerweile an den Stuhl gefesselt. Sie sollten Ihr eigenes Leben nicht aus den Augen verlieren, denn damit helfen Sie Ihrem Freund auch nicht.«

Tief in ihrem Innersten wusste Martina natürlich, dass die Schwester es nur gut mit ihr meinte und nicht ganz unrecht hatte. Trotzdem fühlte es sich ein bisschen wie ein Angriff an. Fast wie ein Aufruf, Christian aufzugeben, weil er sowieso nicht aufwachen würde.

Schwester Agatha las es in ihrem Gesicht, dass der Ratschlag nicht gut ankam. »Hören Sie, ich wollte Ihnen nicht zu nahetreten oder Ihre Hoffnung zerstören. Ich wollte nur …«

»… helfen, ja, ich weiß. Ist schon gut, ich nehme es Ihnen nicht übel.« Sie schaute die Krankenschwester nicht einmal an, sondern ließ ihren sorgenvollen Blick weiterhin auf Christian ruhen. Die vielen Geräte und Schläuche jagten ihr immer wieder einen kalten Schauer über den Rücken. Und das Geräusch des Beatmungsgerätes verursachte ihr Albträume. Sie kannte so etwas bisher nur aus Filmen. Aus Filmen, die meist ein Happy End hatten. Denn im Gegensatz zu ihrem Freund bevorzugte sie eher romantische Komödien. Der kleine Mann in ihrem Ohr flüsterte ihr jedoch täglich zu, dass die Geschichte keinen so guten Ausgang finden würde. Hier würde der Patient nicht wie durch ein Wunder plötzlich die Augen öffnen und dann lebten sie glücklich und zufrieden bis ans Ende ihrer Tage.

Dr. Phillips hatte ihr bereits mitgeteilt, dass man Christian sehr zeitnah verlegen müsse, da hier nichts weiter für ihn getan werden konnte. »Ich will Ihnen nichts vormachen, Fräulein Bittner. Die Chancen, dass Herr Lempke zu Bewusstsein kommt, haben sich drastisch verschlechtert. Nach den letzten Untersuchungen muss ich Ihnen leider auch sagen, dass, selbst wenn dies irgendwann geschehen sollte, er vermutlich nie mehr der Alte sein wird. Die Nervenschädigungen im Gehirn sind einfach zu schwerwiegend.«

Martina ertrank nahezu in ihrem Kummer und ihren Tränen, als Phillips sie auf den neusten Stand gebracht hatte. »Aber hören Sie: Der Onkel meiner besten Freundin ist Psychologe, er wird ihm möglicherweise helfen können, falls er wieder zu sich kommt.«

Der Doktor schnaufte schwermütig die Luft aus der verstopften Nase und machte seltsame Geräusche dabei. »Fräulein Bittner, ich sage es wirklich nicht gerne, aber machen Sie sich mit dem Gedanken vertraut, dass sein Zustand irreversibel ist. Der Körper von Herrn Lempke wird lediglich von den Maschinen am Leben erhalten. Wenn wir nicht die deutlichen Gehirnströme messen könnten … Aus meiner Sicht würde ich befürworten, die Maschinen … Allerdings darf ich das eigentlich gar nicht erwähnen und schon gar nicht anraten. Fakt ist jedoch, und darauf kann ich Sie sehr wohl hinweisen, da Herr Lempke keine lebenden Angehörigen mehr hat, läge die Entscheidung allein bei Ihnen. Ich weiß, dass er Sie als Bevollmächtigte in der Patientenverfügung eingetragen hatte. Es ist eine große Verantwortung, die auf Ihren Schultern lastet.«

Martina hatte sich immer gewundert, warum für Christian diese Verfügung und eine Vorsorgevollmacht so wichtig waren. Er erklärte ihr kurz nach dem Tod seiner Eltern, dass er nicht von Maschinen abhängig sein wolle und ihm bewusst geworden war, wie schnell das Leben vorbei sein konnte. Jetzt war es so weit und Martina war schockiert über die Bürde, die Phillips ihr auferlegte. Sie weinte noch heftiger und schrie den Arzt aus voller Kehle an: »Nein. Niemals. Was sind Sie nur für ein Mensch? Sie raten mir dazu, meinen Freund umzubringen? Was stimmt nicht mit Ihnen? Haben Sie nicht einen Eid geschworen, Leben zu erhalten?«

Der Arzt wollte sie beruhigen, jedoch ohne Erfolg. »Ja, das habe ich, und für das Protokoll: Ich rate Ihnen zu gar nichts. Das steht mir in der Tat nicht zu. Ich nenne Ihnen nur die Fakten und die

Befunde. Und die sehen so aus, dass wir alles Menschenmögliche für Ihren Freund getan haben. Unsere Möglichkeiten hier sind erschöpft. Wir werden Herrn Lempke deshalb in eine Pflegeeinrichtung in der Nähe überweisen. Normalerweise dauern solche Abläufe erheblich länger. Innerhalb weniger Wochen von der Intensivstation, ins Zimmer und schließlich in die stationäre Pflege, das kann schon mal ein halbes Jahr in Anspruch nehmen. Aber ich habe da gute Beziehungen und konnte den Vorgang beschleunigen. Er wird bestens versorgt werden, vertrauen Sie mir. Es sei denn, Sie entscheiden sich für den anderen Weg.«

Martina nahm Christians Hand und presste sie ganz fest an ihre rote Wange. Auf die Worte des Arztes ging sie nicht ein. Fast so, als hätte sie gar nicht zugehört. Stattdessen sah sie Christian an, streichelte seine Hand und flüsterte ihm stetig zu: »Du brauchst Hilfe, ich weiß, Schatz. Ich bin da, ich lass dich nicht alleine. Ich liebe dich.«

Erneut war das Gespräch belauscht worden. Und wieder war keinem die Person vor der Tür aufgefallen.

31

Silvia Ressmer war wie ein Geist, der immer zur rechten Zeit am rechten Ort auftauchte, um die Informationen zu erhalten, die sie benötigte. Mittlerweile hatte sie ihr Zeitgefühl komplett eingebüßt. Sie lebte nur noch für ihre Rache. Wie lange war sie nun schon in dem schmuddeligen Hotel untergetaucht? Tage? Wochen? Es spielte keine Rolle. Sie verschwendete keinen Gedanken an ihren Mann, besuchte das Grab ihres Sohnes nicht mehr und vernachlässigte sich selbst zunehmend. Nachdem, was sie nun mithörte, erschien ihr das bisherige Handeln sinnlos. Sie hatte die Hoffnung gehegt, dass dieser Bastard irgendwann als gebrochenes, psychisches Wrack erwachte. Sie wollte ihn leiden sehen. Von rationalem Denken war Silvia Ressmer längst meilenweit entfernt. Sie war besessen. Besessen von den Rachegelüsten, Christian Lempke so viel Schmerz wie möglich zuzufügen. Doch was brächte all das, wenn kaum eine Chance bestand, dass er jemals wieder aufwachte?

Seitdem sie Tim Schäfer um ein Haar in die

Arme gelaufen war, fing sie damit an, sich für ihre Besuche zu verkleiden. Eine ausgewachsene Paranoia gesellte sich zu der Persönlichkeitsstörung, die selbst ein Psychologiestudent im ersten Semester ihr nach wenigen Sätzen diagnostizieren würde. Als Silvia dann das Gespräch zwischen Martina und Dr. Phillips belauscht hatte, wuchs ihre Manie auf Rekordniveau an. An diesem Tag schlich sie sich ins Schwesternzimmer und stahl einen Kittel. Und ab dem Zeitpunkt begann Silvia auch mit ihrem verstorbenen Sohn zu reden.

»Sie haben keinen Termin genannt. Verdammt. Ich muss jetzt etwas tun. Ich muss es beenden, bevor sie ihn wegbringen. Oder was sagst du, Daniel?«

Die schemenhafte Gestalt, welche sie ins Krankenhaus begleitete, sah nur Silvia.

»Du musst aufpassen, dass dich keiner sieht. Wenn die rausfinden, dass man von den Toten zurückkehren kann … Ich möchte gar nicht an die Folgen denken.«

»Natürlich, Mutter. Hab keine Angst, nur du kannst mich sehen. Allen anderen bleibe ich verborgen.«

»Gut, mein Sohn. So ist es gut. Hauptsache, du bist wieder bei mir.«

»Ich werde immer bei dir sein, Mutter. Aber du

musst jetzt wirklich etwas tun. Wenn sie ihn erst weggebracht haben, wirst du nicht mehr so leicht an ihn herankommen.«

»Ja, mein Sohn, ich weiß. Heute ist es so weit, heute wird gerichtet.«

»Ja, Mutter, richte. Töte dieses elende Schwein, das mich aus deinem Leben gerissen hat. Er hat es verdient.«

»Das hat er, mein Sohn, das hat er. Und er wird bezahlen. Heute! Das verspreche ich dir.«

Die Leute auf der Straße drehten sich nach Silvia Ressmer um. Sie schauten der Frau hinterher, die sich mit einem imaginären Gesprächspartner auseinandersetzte und wirres Zeug redete. Für die Menschen auf der Straße war sie einfach nur eine geistig verwirrte Krankenschwester. Gestört, aber harmlos. Für Christian allerdings würde sie zugleich Richter und Henker sein. Und sie hatte ihr Ziel, das Krankenhaus, fast erreicht. Ebenso wie die Beamten der Kripo.

32

Christian begann zu begreifen. Die Bilder in seinem Kopf verschwammen mehr und mehr. Dann kam die Schwärze, tiefste Nacht. Eine Dunkelheit voller Stimmen, gefüllt mit Erinnerungen, die er anfangs nicht einsortieren konnte. Doch nach und nach ergab jede Kleinigkeit einen Sinn. Der Unfall, die Kopfverletzung, genau an der Stelle, an der Tim ihm in seiner selbst erschaffenen Realität die Bratpfanne übergezogen hatte. Der Name Dr. Phillips, aus dem in seiner Welt der bizarre Psychologe wurde. Die irre Stimme von Daniels Mutter, die ihm eine Horrorvision nach der anderen einredete. Und schließlich das entscheidende Wort, welches er sooft gehört hatte: Koma. Anscheinend war das wahrhaftig die Erklärung für alles. Er war nicht verrückt. Weder hatte er Tim umgebracht noch Vera. Er hatte seine Freundin nicht an einen Stuhl gefesselt, um ihr den Spuk Daniels zu beweisen. Sein Geist hatte sich aus aufgeschnappten Worten eigene Bilder geformt, die Christian immer tiefer in den Sog des Irrsinns gezogen hatten. Nichts von alldem war in Wahrheit geschehen. In einer Hinsicht beruhigte ihn die Tatsache, doch wenn es stimmte, dass er im Koma lag, wäre der Wahnsinn möglicherweise das kleinere Übel gewesen.

Schlagartig wurde ihm bewusst, weshalb er die Wohnung nie verlassen konnte und was genau ihn davon abhielt. Er begriff die Symbolsprache des Verstandes, der ihn somit in der selbsterschaffenen Welt gefangen hielt. Jetzt wusste er auch, warum er sich auf der Bahre nicht bewegen konnte. Durch seinen Zustand war es ihm nicht möglich, seinen Körper zu kontrollieren. *Wenn ich all das nun weiß? Muss das nicht zwangsläufig bedeuten, dass ich wieder zu Bewusstsein komme?*

Plötzlich vernahm er deutlich das Piepen der Geräte neben seinem Bett. *Ja, das ist es. Ich komme zu mir, ich wache auf.* Er konzentrierte sich auf seine Gliedmaßen. Tatsächlich begann er ganz allmählich etwas zu spüren. Er sackte erneut in die Dunkelheit, die alles vereinnahmte. Aber nur für einen Augenblick, dann kehrte das schwache Gefühl zurück. Wie ein kaputter Anlasser. Ein minimales Aufflammen, gefolgt von einem hellen Moment. Es wiederholte sich. Die Intervalle wurden schneller, intensiver. Er spürte die Finger zum ersten Mal nach langer Zeit. Es war nur ein Hauch, noch weit davon entfernt, die Kraft zu einer Bewegung aufzubringen. Ein leichtes Kribbeln in den Zehen, ein kaum merkliches Zucken im Oberschenkel. Winzige Schritte, die für Christian der Entdeckung einer neuen Welt gleichkamen. Die Zeitabschnitte der Finsternis wurden kürzer und verschwanden schließlich ganz. Dafür hämmerte eine altbekannte Stimme plötzlich wie ein Dampfhammer durch seine erwachenden Synapsen. »Es endet, jetzt und hier. Du verdammter Mörder!«

Silvia Ressmer spuckte widerlich gelben Rotz beim Sprechen. Eigentlich konnte man es nicht als Aussprache bezeichnen, es war nur noch ein irres Fauchen. Sie hatte Christian Lempke nicht mehr viel zu sagen. Ihr Entschluss stand schon fest, nachdem sie von der Verlegung gehört hatte.

»Es endet hier und jetzt. Du verdammter Mörder!«

Sie untersuchte die Maschinen und folgte den Kabeln zu ihren Stromquellen.

»Daniel erwartet dich, du verdammter Bastard.«

Sie ergriff die Kabel und zögerte nicht länger. Mit einem gewaltigen Ruck riss sie alle Stecker gleichzeitig aus den Dosen. Das Beatmungsgerät setzte augenblicklich aus. Ein fiepsender Alarmton erklang und in derselben Sekunde öffnete Christian

Lempke die Augen.

Trotz der erschlagenden Helligkeit riss er die Lider weit auf. Grelles Licht. Ein kurzes Aufblitzen. Nur für die Dauer des Flügelschlags eines Schmetterlings kehrte das Leben in ihn zurück. Und mit ihm das Entsetzen. Das hasserfüllte Gesicht von Silvia Ressmer drängte sich in sein Blickfeld. Sie stimmte ein Gelächter an. Hysterisch, schrill, völlig irre und furchteinflößend.

Ein Kabel hatte sie übersehen. Der Piepton des EKGs beschleunigte sich rasend schnell. Schließlich hörte es schlagartig auf. Eine durchgezogene Linie erschien. Ein langer Ton. Christians Augen schrien um Hilfe. Verharrten in einem endgültigen Moment des Schreckens, als hätte er sich auf ewig in die Iris gebrannt. Dann schlossen sich seine Lider. Für immer.

Die Zimmertür wurde aufgerissen, doch die Beamten kamen zu spät. Silvia Ressmer hatte ihre Rache bekommen. Sie stand da und lachte über ihr Werk wie eine geisteskranke Hyäne.

»Er ist tot, er ist tot. Daniel, hörst du mich? Das Schwein hat sogar noch mitbekommen, wer ihn gerichtet hat. Ist das nicht fabelhaft? Hast du den Ausdruck in seinen Augen gesehen? Der Wichser ist nur einmal aufgewacht, um seinem Henker ins Angesicht zu blicken.«

»Frau Ressmer, Sie sind verhaftet!«, ertönte die strenge Stimme eines Polizisten hinter ihr.

Sie hatte nicht registriert, dass jemand in den Raum gekommen war. »Was? Nein, das geht nicht. Mein Sohn und ich feiern gerade, sehen Sie das nicht? Daniel, sag doch auch mal was. Daniel? Daniel, wo bist du? Komm zurück. Ich habe es getan. Ich habe deinen Mörder gerichtet.«

Unterdessen war Ulrich Ressmer eingetroffen. Er hatte sich ebenfalls auf den Weg gemacht, in der Hoffnung, noch vor den Beamten das Krankenhaus zu erreichen. Er hatte geglaubt, das verhindern zu können, das ihn nun mit eisiger Härte erwischte.

Silvia fuchtelte mit den herausgerissenen Kabeln in der Luft herum, schwang sie hin und her wie eine Siegestrophäe. »Daniel. Es ist vollbracht. Komm zu Mama.«

Ulrich Ressmer sank auf die Knie, legte den Kopf in den Nacken und stieß einen verzweifelten langen Schrei aus. Einen Schrei, der den Schmerz eines ganzen Lebens durch die Mauern des Hospitals trug. Der unendliche Seelenschmerz, der durch die Gänge schallte und sich bei den Patienten und Angestellten wie ein frostiger Dorn bis tief ins Innerste bohrte.

33

Christian Lempke war ein Wunder gelungen. Er hatte es geschafft, aus seiner selbsterschaffenen Hölle zurückzukehren. Und hätte das Grauen nicht am anderen Ende auf ihn gewartet, wäre er wohl zu einem Wunder in der Welt der Medizin geworden. Hoffnung gebend für Komapatienten, die in ihrer eigenen Dunkelheit gefangen sind. Doch die Realität kann grausamer sein, als alle erfundenen Welten. Niemand erfuhr davon, dass Christian vor seinem Tod noch einmal aufgewacht war.

Für Martina war der Umstand eine Gnade. Sie tröstete sich damit, dass er nichts gespürt haben konnte. Dass er im Schlaf gestorben sei. Den Schmerz des Verlustes milderte das nicht. Kurz nach der Beerdigung suchte sie psychologische Unterstützung bei dem Onkel ihrer Freundin in Düsseldorf. Mit seiner Hilfe gelang es Martina, nach einer lang anhaltenden Trauerphase, wieder Kraft und neuen Mut zu schöpfen.

Im Laufe der Therapie kamen die beiden sich

näher. Eine Beziehung gingen sie jedoch erst danach ein und heirateten fünf Jahre nach Christians Tod. Zwölf Monate später bekamen sie ihr erstes Kind. Ein Mädchen, das sie Christina tauften.

Martina arbeitet inzwischen ehrenamtlich in einer Pflegeeinrichtung. Ähnlich der, in die Christian verlegt werden sollte. Dort leitet sie eine Selbsthilfegruppe für Angehörige von Patienten mit Bewusstseinsstörungen.

Silvia Ressmer wurde nach einer langen Verhandlung für schuldunfähig erklärt und in die geschlossene Abteilung einer psychiatrischen Klinik eingewiesen. Ihre paranoide, schizoide Persönlichkeitsstörung konnte bis heute nicht geheilt werden. Sie ist sich keiner Schuld bewusst und kennt mittlerweile nicht einmal mehr ihren eigenen Namen.

Ulrich Ressmer erlitt einen Zusammenbruch, von dem er sich nie wieder erholte. Er begann zu trinken, verlor seinen Arbeitsplatz und starb drei Jahre nach Christians Tod an Herzversagen.

Stefan Holds Befürchtungen, der Unfall könne berufliche Konsequenzen nach sich ziehen, stellten sich als unberechtigt heraus. Der Richter kam zu dem Schluss, dass es sich tatsächlich um einen Unfall ohne Fahrlässigkeit oder Fremdverschulden gehandelt hatte. Privat hatte Stefan weniger Glück. Seine Frau Gabriela konnte diesen Tag und das Verhalten ihres Mannes nie vergessen. Ihre Ehe zerbrach daran. Beide leben bis heute allein.

Tim benötigte ebenfalls mehrere Monate, um die Ereignisse zu verarbeiten. Er stieg aus der Band aus und verabschiedete sich komplett von seinem Gothic-Style. Der Tod und das Okkulte hatten ihn lange genug beschäftigt. Nachdem der Gevatter seine wahre Natur offenbart hatte, konnte Tim ihm nur noch mit Verachtung entgegentreten. Stattdessen widmete er sich dem Leben und genoss jeden Augenblick mit Vera, die er bereits ein halbes Jahr nach Christians Tod heiratete.

In den folgenden Jahren wandte er sich gemeinsam mit seiner Frau spirituellen Themen zu. Sie flogen nach Tibet, Indien und Peru. Begaben sich auf eine Reise in die Essenz des Lebens. Tim dokumentierte diesen Weg der Selbstfindung in mehreren Büchern und wurde zu einem angesagten Schriftsteller. Er und Vera leben heute glücklich und nach drei Bestsellern in Folge relativ wohlhabend in Berlin.

WARNUNG!!!

Liebe Leser, wenn Sie es rund und schlüssig lieben, dann akzeptieren Sie an der Stelle einfach das Wort:

ENDE

Lesen Sie unter keinen Umständen den Epilog!

Sind Sie jedoch eher ein Freund des Mysteriösen, so möge der kurze Epilog Ihren Verstand noch einmal ordentlich durch die Mangel drehen.

Epilog

Christian Lempke fiel in ein unendliches Nichts. Alles um ihn herum wurde schwarz. Jeder Gedanke, jedes Gefühl und jegliche Wahrnehmung lösten sich einfach auf, als hätten sie nie existiert. *Ist das der Tod? Oder träume ich etwa immer noch? War das Koma nur eine weitere Illusion?*

In der Ferne erschien ein winzig kleines Licht, auf das Christians Geist zu schwebte. Je näher er der Quelle kam, desto heller und größer wurde sie. Bald verdrängte die Helligkeit die gesamte Dunkelheit. Um ihn herum begann es zu flackern. Schneller und schneller, wie das Stroboskoplicht in einer Diskothek.

In einiger Entfernung erklang plötzlich eine Stimme. Christian erkannte sie. Es war die von Daniel.

»Jetzt sei doch nicht so eine Pussy. Meine Fresse, dann halte an, ich fahr weiter.«

Merkwürdig war nicht nur die Tatsache, dass er die Stimme seines toten Freundes in dem Licht wahrnahm, noch viel seltsamer war, dass nicht Daniel diesen Satz einst gesagt hatte, sondern er selbst. Es blitzte einige Male gleißend hell auf.

Urplötzlich saß Christian in seinem alten VW Polo. Er starrte entsetzt und völlig verwirrt auf seine Hände, die das Steuer umklammert hielten. Neben ihm saß sein stockbesoffener Freund auf dem Beifahrersitz. Er krakelte und griff ihm ins Lenkrad. Auf der Gegenfahrbahn näherten sich die Scheinwerfer des SUV ...

Nachwort

Was Sie gerade gelesen haben, ist keine erdachte Geschichte. Sie beruht allerdings auch nicht auf wahren Ereignissen. Tatsächlich handelt es sich bei »GEIST« um einen Traum, der mir so einige schlaflose Nächte beschert hat. Dass ich den Traum als Geschichte niederschreiben musste, war mir sofort klar. Jetzt hoffe ich, dass er mit dem fertigen Buch endlich aus meiner Traumwelt verschwindet.

Es sollte nun ebenfalls verständlich sein, dass der Buchtitel sich weniger auf die Erscheinungen bezieht, die Christian terrorisieren, als auf sein Bewusstsein – seinen Geist. Der doppelt interpretierbare Titel stand bereits nach meinem ersten Ausflug in diesen Traum fest.

Das Thema Bewusstsein/Unterbewusstsein ist für mich ungeheuer faszinierend und ich beschäftige mich schon viele Jahre damit. Filme wie Matrix, Sucker Punch, Fight Club oder auch Inception haben mich dahingehend beflügelt und begeistert. Immer wieder hört, sieht oder liest man von der Fähigkeit unseres Geistes, ganze Welten zu erschaffen. Nehmen wir allein die Traumwelt. In dem Moment, da wir uns darin bewegen, erscheint sie uns genauso wahrhaftig, wie die Welt, in der wir im Wachzustand leben. Das tun wir doch, oder? Wir sind uns unserer Realität stets so furchtbar gewiss. Was aber, wenn wir falsch liegen? Was, wenn das, was wir sehen, hören, fühlen und riechen können, nicht realer wie einer unserer Träume ist?

Es ist wissenschaftlich bewiesen, dass wir unsere Welt durch Filter wahrnehmen. Filter, die der Verstand erzeugt, um unsere Wahrnehmung nicht zu überfordern. Die Wahrheit ist, dass wir nur einen Bruchteil dieser Realität wirklich erfassen. Eben weil der Verstand uns mit seinen Filtern einen Strich durch die Rechnung macht.

Bewiesen ist ebenfalls, dass wir die Realität aktiv durch unser Bewusstsein gestalten. Dass jedem Gedanken und jedem Gefühl mehr Macht innewohnt, als man uns bisher weismachen wollte. Es geht sogar weiter: Die Quantenphysik hat gar bewiesen, dass wir schon allein durch unsere Beobachtung Einfluss auf die Realität nehmen, in der wir leben. Das ist keine Science-Fiction mehr. Sollte das Thema Sie interessieren, googeln Sie beispielsweise »Das Doppelspalt-Experiment«. Eine Vielzahl an Tests haben eindeutig gezeigt, dass unser Bewusstsein noch lange nicht endgültig erforscht wurde.

Was genau ist das eigentlich? Ist es der Sitz unserer Seele? Ein Thema, das ein Fass ohne Boden darstellt und sicherlich in einigen meiner Geschichten eine Rolle spielen wird.

Bei meinen Recherchen zu »Geist« bin ich auf viele widersprüchliche Berichte und Aussagen über den Zustand des Komas gestoßen. Ob Patienten tatsächlich in dem Maße in einer Scheinwelt agieren, ist ungewiss. Gewiss ist jedoch, dass es Fälle gibt, in denen glaubhaft nach dem Aufwachen bewiesen wurde, dass der Komapatient seine Angehörigen hören oder spüren konnte. Aber auch hier bewegen wir uns auf einem Gebiet, das noch immer Rätsel aufgibt.

Da ich kein Arzt oder Wissenschaftler bin, möchte ich da gar nicht weiter in die Tiefe gehen, sonst wache ich womöglich nie wieder auf. Mir ist nur eines wichtig: Sie gut zu unterhalten. Und ich bin der Ansicht, dass »Geist« das ganz ordentlich zu tun versteht. Selten war ich von einer meiner eigenen Storys so angetan, wie von dieser hier. Es war spannend, sie zu schreiben. Und ich finde es wirklich klasse, dass Sie offenbar bis hierher durchgehalten haben. Dafür möchte ich mich recht herzlich bedanken und wünsche Ihnen allzeit einen freien, gesunden und aufgeweckten GEIST.

Michael Barth

Über den Autor

Bereits mit seinem erfolgreichen Debütroman *Su-Tera* gelang es Michael Barth, sich eine treue Fangemeinde zu erobern. Der im November 2014 erschienene Auftakt der Terra-Trilogie sollte erst der Anfang sein und den Weg für die ausschweifende Fantasie des Autors ebnen.

Die Entscheidung, all das ohne einen Verlag im Rücken zu wagen, stellte sich schnell als richtig heraus, denn die Freiheit und Unabhängigkeit eines Self-Publishers grenzt die Fantasie nicht ein und erlaubt es einem Autor die Leser grenzenlos und unverfälscht an seinen Visionen teilhabenzulassen.

Diese Freiheit nimmt Michael Barth sich ebenfalls in der Wahl seiner Genres. Selten lassen sich seine Werke auf nur eine Richtung festlegen und man weiß nie, was einen als Nächstes erwartet. Und doch ist bei genauerer Betrachtung ein dezenter roter Faden zu erkennen, der sich klammheimlich, mal mehr mal weniger, durch nahezu alle Bücher zieht. Die Affinität des Autors, mehr als fünfzig

Graustufen der *dunkleren Leidenschaften* in seine Geschichten mit einfließen zu lassen.

Der 1970 in Gelsenkirchen geborene Michael Barth musste viele Umwege gehen, um den richtigen Pfad zu erkennen und sich letztendlich selbst zu finden. Als ausgebildeter und selbstständiger Mediengestalter ist er in der glücklichen Lage, sich um das Design seiner Cover, Trailer, Werbung etc. zu kümmern. Kreativität ist sein Lebensinhalt und seine Leidenschaft in allen Bereichen.

Er lebt und arbeitet heute mit seiner Familie in Gevelsberg/NRW und hat, laut eigener Aussage, mehr konkrete Storyideen in der Schublade, als er zu Lebzeiten schreiben könne. Wenn man sich die Veröffentlichungen der letzten zwei Jahre ansieht, mag man das sicher kaum infrage stellen.

2014: SuTera (Terra-Trilogie 1)
Pelleppo und die Wunschzentrale (Kinderbuch)

2015: EdenTal (Terra-Trilogie 2)
Hochzeitstag
Hochzeitstag II – Zerbrochene Träume
Antiquariat de Sade – Das schwarze Buch

	Pelleppo und der Regenbogenumhang (Kinderbuch)
2016:	Zum Teufel mit der Hölle TerraEden (Terra-Trilogie 3) Sonja – Aus Liebe zum Leid
2017:	Geist

Fortsetzung folgt …

Ein packender Thriller, der mehr als nur eine Gänsehaut bereitet.

Erhältlich als Taschenbuch in allen Buchhandlungen und als E-Book bei Amazon.

ISBN-10: 3737579830
ISBN-13: 978-3737579834

»Das schwarze Buch soll die Macht besitzen, jeden Leser in den Wahnsinn zu treiben!«

Welche Verbindung besteht zwischen dem mysteriösen Werk und einem sadistischen Serienmörder, der sich für die Wiedergeburt des Marquis de Sade hält? Wie gelingt es ihm, keinerlei Spuren zu hinterlassen? Warum wird der Fall zweier vermisster Mädchen für die Journalistin Dorothea Sander zu einem persönlichen Kreuzzug?

Sie sind weiblich und zwischen 18 und 20 Jahre alt? Dann seien Sie auf der Hut – denn der Marquis will spielen … bis zu Ihrem Tod.

Die Journalistin Dorothea Sander hofft endlich auf eine echte Story, als sie von dem Fall zweier vermisster Mädchen in ihrer Kleinstadt hört. Sind die zwei Mädchen tatsächlich nur weggelaufen? Die örtliche Polizei jedenfalls hat keinerlei Anhaltspunkte für ein Verbrechen.

Auf der Suche nach Fakten wird Dorothea plötzlich in den Sumpf ihrer Recherchen hineingezogen. Muss sie um ihr Leben bangen? Und wo ist ihre Schwester Isabel? Die Uhr tickt.

Die ganze Geschichte (Hochzeitstag und Hochzeitstag II – Zerbrochene Träume) komplett. Zwei Psychothriller über Vertrauen und Hingabe, Verrat und Verzweiflung. Zwei Bücher, die uns einen Blick in den Spiegel einer dekadenten Gesellschaft gewähren und uns mit deren Bösartigkeit und Perversion konfrontieren.

Erhältlich als Taschenbuch und E-Book in allen Buchhandlungen.

ISBN-10: 3737571988
ISBN-13: 978-3737571982

Hochzeitstag

»Deine Fantasien werden heute Realität. Komm ins Schlafzimmer, und mache den ganzen Tag mit mir, was immer du auch willst. Ich werde alles zulassen und dir alles geben, was du verlangst oder dir wünschst. Lass uns spielen! Keine Grenzen, keine Regeln!«

Ein pikantes Geschenk wird zu einem nicht enden wollenden Albtraum.
Was wäre, wenn alles, was Sie über ihren Partner zu wissen geglaubt haben, nur eine Fassade war?

Lesestimme: »Eine heftige Gefühlsachterbahn mit überraschenden Wendungen!«

Hochzeitstag II – Zerbrochene Träume

»Wir kennen die Wahrheit über Ihr Buch Hochzeitstag! Alles was man tut, kommt früher oder später auf einen zurück. Sie hören bald wieder von uns!«

Zwei Jahre nach der Veröffentlichung ihres Romans »Hochzeitstag«, holt die Vergangenheit Daniela gnadenlos ein und setzt Ereignisse in Gang, die nicht nur ihre Karriere, sondern ihr ganzes Leben zu zerstören drohen. Niemand kannte die Wahrheit über ihr Buch. Niemand wusste, dass ihre Geschichte auf wahren Begebenheiten beruhte. Bis heute …